U0502342

唐物语

飞扬旧事与人物风华

[唐]温庭筠等◎著

曾雪梅◎编选　张楠◎译注

中国出版集团　现代出版社

盛唐的回眸

"唐"是中国历史上文化、经济、政治都非常繁荣的一个朝代，同时也是一个非常迷人的字。"盛唐气象""唐人高处""汉唐风骨"……几乎每一个与"唐"有关的词，都是后人对唐代成就的真心赞美与追慕。唐人的故事、唐人的传说和唐人生活的时代样貌，对后世产生了非常大的影响，也激起后人不断的追想和探寻。

此次以"唐"为中心词，从唐人撰写、辑选或编辑的传奇文学作品中，精选了几十篇文言短篇小说，分别以"唐传奇""唐物语""唐模样"为题，编辑了这套"唐"三部曲。

"传奇"一名，源于唐代裴铏的文言小说集《传奇》。《唐传奇》分册主要收录唐人撰写的奇闻怪事，像《红线》《聂隐娘》《虬髯客传》等传世名篇。这些精彩的传奇故事，流传至今，成为后世经典的创作素材，不断被改编为各种艺术形式。比如，京剧中著名的唱段《红线盗盒》就出自《红线》；又如，《离魂记》《聂隐娘》都曾被改编成电影。

"物语"一名，来自日本的一种文学体裁，原意为故事、传说，此处借以命名《唐物语》分册。《唐物语》多取唐代的人物故事。《杜子春》曾被日本作家芥川龙之介改编为日文小说。《李卫公靖》中代神行雨的李靖，已初具被神化的模型。

《唐模样》分册中的篇章，则侧重于反映唐代的市井世相、生活常情。像《兰亭记》中对传世之书法《兰亭集序》真迹故事的记载，虚虚实实，似假亦真。《王之涣》中，王昌龄、高适、王之涣与伶人饮酒赛诗的逸事，间接地反映了唐人的风范。

如此一番，"唐传奇""唐物语""唐模样"三个词，大致从三个侧面构成了这套"唐"三部曲。恰如一位绝世佳人，三个侧面虽然不能尽数描摹她的美丽，但左顾右盼，一回眸，足可瞥见唐代文学在诗歌以外的灿烂与风情。

书中所录文言短篇，或为唐人撰写，或为唐人辑录，读者可以直面唐人的文章，感受文言的古雅简约，还可以直观了解大唐时代和唐人的生活原貌。

不过，有唐一代，毕竟距今一千余年，唐时文章，今人阅读有难度。为此，除对文本进行必要注释，还提供了流畅的现代译文，并约请专业画师绘制了插图，希望能为读者诸君提供阅读便利。

"唐"这位绝世佳人，虽尽力描摹，仍不能将其令人惊艳之处尽数展现，"唐"三部曲尽力而为，不足之处很多，恳请读者诸君指正。

编者

目录

兖州人

唐临

原文

唐兖州邹县人姓张，忘字，曾任县尉。贞观十六年，欲诣京赴选，途经泰山，谒庙祈福。庙中府君及夫人并诸子等，皆现形像。张遍拜讫，至于第四子旁，见其仪容秀美。同行五人，张独祝曰："但得四郎交游，赋诗举酒，一生分毕，何用仕宦？"及行数里，忽有数十骑马，挥鞭而至，从者云是四郎。四郎曰："向见兄垂顾，故来仰谒。"又曰："承欲选，然今岁不合得官。复恐在途有灾，不复须去也。"张不从，执别而去。行百余里，张及同伴夜行，被贼劫掠，装具并尽。张遂祝曰："四郎岂不相助？"有顷，四郎车骑毕至，惊嗟良久，即令左右追捕，其贼颠仆迷惑，却来本所。

《兖州人》出自唐临所撰《冥报记》，宋李昉录于《太平广记》卷二百九十七神七。

四郎命人决杖数十，其贼胜脯皆烂。已而别去。四郎指一大树曰："兄还之日，于此相呼也。"

是年，张果不得官而归。至本期处，大呼四郎。俄而即至，乃引张云："相随过宅。"即有飞楼绮观，架迥凌空，侍卫严峻，有同王者。张既入，四郎云："须参府君，始可安。"乃引入。经十余重门，趋而进，至大堂下谒拜。见府君绝伟，张战惧，不敢仰视。判事似用朱书，字皆极大。府君命使者宣曰："汝乃能与吾儿交游，深为善道。宜停一二日宴聚，随便好去。"即令引出，至一别馆，盛设珍羞，海陆毕备。奏乐盈耳。即与四郎同室而寝。已经三宿。

张至明旦，游戏庭序，徘徊往来。遂窥一院，正见其妻，于众官人前荷枷而立。张还，甚不悦。四郎怪问其故，张具言之。四郎大惊云："不知嫂来此也。"即自往造诸司法所。其类乃有数十人，见四郎来，咸走下阶，并足而立。以手招一司法近前，具言此事。司法报曰："不敢违命，然须白录事知。"遂召录事，录事诺，云："乃须夹此案于众案之中，方便同判，始可得耳。"司法乃断云："此妇女勘别案内。常有写经持斋功德，不合即死。"遂放令归家。与四郎涕泣而别，仍云："唯作功德，可以益寿。"

张乘本马，其妻从四郎借马，与妻同归。妻虽精魂，事同平素。行欲至家，可百步许，忽不见。张大怪惧。走至家中，即逢男女号哭，又知已殡。张即呼儿女，急往发之，开棺，妻忽起即坐，辴然①笑曰："为忆男女，勿怪先行。"于是已死经六七日而苏也。兖州士人说之云尔。

①辴（chǎn）然：笑的样子。

译文

兖州邹县有个姓张的人，具体的名字忘记了，他曾经当过县尉。贞观十六年的时候，他要到京城去赴选。他在途中经过泰山时，到庙中祈福。庙内有泰山府君以及夫人、儿子的神像。张生对每一幅神像都行礼叩拜。他来到府君第四个儿子的神像旁，觉得他长相俊美，便对同行的五个人祈祷说："如果能与四郎结交同游，赋诗饮酒，就这样一辈子，还当什么官呢？"他们离开泰庙以后，又走了数里地，忽然有几十人骑着马，挥舞着马鞭来到他们的面前，跟随的人说是四郎到了。四郎说："刚才见张兄情意恳切，所以前来拜见。"他接着说："张兄要去赴选，但是今年不会被选上。我担心这一路上你会碰到灾难，你还是不要去了。"张生不听四郎的劝说，与他握手告别。张生一行人又走了一百多里，夜间被盗贼劫掠，行李被洗劫一空。张生祈祷："为什么四郎不来相助？"不一会儿，四郎的车马就到了，见此情景，惊嗟良久。随后，四郎令随从追捕盗匪，这些盗贼跌跌撞撞，糊里糊涂地回到了原来的地方。四郎命人打他们每人数十杖，那些盗匪的臂膊都被打烂了。四郎将要与张生分别，指着一棵大树说："张兄，你回来路过此地，大声叫我即可。"

这一年，张生果然未被选上，只好返家。回家途中，他经过那棵大树时，大呼四郎。四郎很快就来了，拉着张生说："随我到家里看看。"张生来到四郎的居所，只见楼台绮丽壮观，如在空中，十分恢宏。那里的侍卫严肃庄重，像在护卫帝王的居所。张生走进去，四郎说："要先参拜府君才可以安坐。"他挽着张生，经过十几重门，急步进入府君所在殿内。他们来到大堂下谒拜。张生看到府君奇伟卓绝，不时地感到害怕，不敢抬头仰视。府君审理案子的时候似乎都用红笔，字都极大。府君命令侍者传达说："你能与我的儿子交游，非常好。你应当停留一两天宴饮欢聚再离开。"四郎带着张生到了一处别馆。四郎盛情款待，摆了一桌子美味佳肴，海里的、陆地上的，应有尽有。宴上另有丝竹奏乐，歌声相伴。张生当晚与四郎住在一个房间里。就这样过了三宿。

第二天早上，张生在庭院中游玩，四处游逛。他看到一个院子中，他的妻子戴着枷锁站在差役的前面。张生回到堂中，心中不悦。四郎觉得奇怪，问他原因，张生据实以告。四郎大吃一惊，说："我不知道嫂嫂也来到这里了。"他随即亲自来到司法所。那里的差役有几十人，见到四郎，都走下台阶，肩并肩站着，听候差遣。四郎招了招手，叫了一名判官来到近前，说了此事。判官回报说："不敢违背您的命令，但是必须告知记录官。"于是，召来记录官。记录官答应了："要把这件案子夹在所有的案子中，以便一起宣判，这样就可以了。"于是，判官裁决："在调查其他案子时，发现这名女子有写经持斋的功德，不应该马上就死。"因此，判官放了张生的妻子，让她回家。四郎与张生流着泪，依依惜别。他嘱咐张生说："只有做功德，才可以延长寿命。"

之后，张生骑着自己的马，他的妻子向四郎借了马，两人一起回了家。张生的妻子只是魂魄，但行事与平日里一样。他们离家只有百步左右的时候，张生的妻子忽然不见了。张生非常惊恐，一进家门，就看到儿女都在痛哭，这才知道妻子已经下葬了。张生马上叫上儿女，急急忙忙去挖坟。他们打开棺木，就看见妻子忽然坐了起来，开怀大笑地说："因为想念儿女，我又回来了，不要怪我先走一步。"张生的妻子死了六七天，如今苏醒了过来。从此，兖州的百姓都这样传说。

张李二公

戴　孚

原文

　　唐开元中，有张李二公，同志相与，于泰山学道。久之，李以皇枝[1]，思仕宦，辞而归。张曰："人各有志，为官其君志也，何怍[2]焉？"天宝末，李仕至大理丞。属安禄山之乱，携其家累，自武关出而归襄阳寓居。寻奉使至扬州，途觌张子，衣服泽弊[3]，佯若自失。李氏有哀恤之意，求与同宿。张曰："我主人颇有生计。"邀李同去。

　　既至，门庭宏壮，侯从璀璨，状若贵人。李甚愕之，曰："焉得如此？"张戒无言，且为所笑。既而极备珍膳。食毕，命诸杂伎女乐五人，悉持本乐。中有持筝者，酷似李之妻。李视之尤切，饮中而凝睇者数

《张李二公》出自戴孚撰《广异记》，宋李昉录于《太平广记》卷二十三神仙二十三。

① 皇枝：皇帝的宗族。

② 怍：惭愧。

③ 弊：破败、破烂。

四。张问其故。李指筝者："是似吾室，能不眷？"张笑曰："天下有相似人。"及将散，张呼持筝妇，以林檎④系裙带上，然后使回去，谓李曰："君欲几多钱而遂其愿？"李云："得三百千，当办己事。"张有故席帽，谓李曰："可持此诣药铺，问王老家：'张三令持此取三百千贯钱。'彼当与君也。"遂各散去。

明日，李至其门，亭馆荒秽，扃钥久闭，至复无有人行踪。乃询傍舍求张三。邻人曰："此刘道玄宅也，十余年无居者。"李叹讶良久，遂持帽诣王家求钱。王老令送帽问家人，审是张老帽否。其女云："前所缀绿线犹在。"李问张是何人，王云："是五十年前来茯苓主顾，今有二千余贯钱在药行中。"李领钱而回，重求，终不见矣。寻还襄阳，试索其妻裙带上，果得林檎，问其故。云："昨夕梦见五六人追，云是张仙唤搊⑤筝。临别，以林檎系裙带上。"方知张已得仙矣。

④ 林檎：亦作"林禽"，指林中的禽鸟。

⑤ 搊：弹拨。

译文

唐开元年间，有张、李二人，彼此志趣相投，一起在泰山学道。时间长了，李因为自己是皇帝的宗族，心里就想着当官，便向张生告辞回家。张说："人各有志，做官是你的志向，你又何必惭愧呢！"天宝末年，李官至大理丞。当时安禄山叛乱，他带着家眷从武关出发，回到襄阳的住所。不久，李奉命来到扬州，途中遇见了张，张衣服破烂，穷困潦倒。李生起了怜悯之心，请求他与自己同宿。张却说："我家主人很有一些谋生之道。"他邀请李同去。

到了张家，只见门庭宏伟壮观，宾客随从光彩亮丽，看起来都很高贵。李感到非常惊讶，问："怎么会这样？"张告诫李不要说话，怕被别人笑话。不久，张准备了稀有珍贵的食物宴请李。吃罢，张又命歌舞伎五人演奏音乐。这些女伎中有一个持筝的，与李的妻子非常相像。李关切地望着她，饮酒时也多次凝视。张问缘故，李指着那个女子说："她很像我的妻子，能不思慕吗？"张笑着说："天下有相似的人。"宴会散去，

张叫来持筝的女子，把林檎系在她的裙带上，然后让她回去。他对李说："需要多少钱能满足你的愿望？"李说："有三千贯钱就能办自己想办的事。"张有一顶以前的旧席帽，他对李说："你拿这顶帽子到药铺，告诉王老，是张三让你拿着此物来取三千贯钱，他会给你的。"于是，他们各自散去。

第二日，李来到张的家门前，只见亭馆荒秽，门锁久闭，没有人的踪迹。他向邻居打听张三。邻居说："这是刘道玄的旧宅，十多年没有人住了。"李感叹、惊讶了很久，然后拿着帽子到王家取钱。王老让人送帽到家里，让家人仔细看看是不是张三的帽子。他的女儿回答说："之前做帽时所缝的绿线还在，的确是的。"李问张是何人，王老说："他是五十年前来卖茯苓的顾客，到现在还有二千余贯钱在我的药行中。"李取了钱，又重新探访与张见面的地方，但最终还是不得见。不久，李返回襄阳，试着找妻子的裙带，果然系有林檎。他问妻子，妻子回答说："昨晚我梦见五六个人追我，说是张仙人唤我去弹筝，临别的时候，他把林檎系在了我的裙带上。"李这才知道张已得道成仙了。

华岳神女

戴 孚

原文

近代有士人应举之京，途次关西，宿于逆旅舍小房中。俄有贵人奴仆数人云："公主来宿。"以幕围店及他店四五所。人初惶遽[①]，未得移徙。须臾，公主车声大至，悉下。店中人便拒户寝，不敢出。公主于户前澡浴，令索房内。婢云："不宜有人。"既而见某，群婢大骂。公主令呼出，熟视之，曰："此书生颇开人意，不宜挫辱，第令入房。"浴毕召之，言甚会意。使侍婢洗濯，舒以丽服。乃施绛帐，铺锦茵[②]，及他寝玩之具，极世奢侈，为礼之好。

明日相与还京。公主宅在怀远里，内外奴婢数百人，荣华盛贵，当时莫比。家人呼某为驸马，出入器服

《华岳神女》出自戴孚撰《广异记》，宋李昉录于《太平广记》卷三百零二神十二。

① 惶遽（huáng jù）：惊恐慌张。

② 锦茵：锦制的垫褥。

车马，不殊王公。某有父母，在其故宅。公主令婢诣宅起居，送钱亿贯，他物称是。某家因资，郁为荣贵。如是七岁，生二子一女，公主忽言，欲为之婆妇，某甚愕，怪有此语。主云："我本非人，不合久为君妇。君亦当业有婚媾。"知非恩爱之替也。其后亦更别婚，而往来不绝。婚家以其一往辄数日不还，使人候之。见某恒入废宅，恐为鬼神所魅。他日，饮之致醉，乃命术士书符，施衣服中，及其形体皆遍。

某后复适公主家，令家人出止之，不令入。某初不了其故，倚门惆怅。公主寻出门下，大相责让云："君素贫士，我相抬举，今为贵人。此亦于君不薄，何故使妇家书符相间，以我不能为杀君也？"某视其身，方知有符，求谢甚至。公主云："吾亦谅君此情，然符命已行，势不得住。"悉呼儿女，令与父诀，某涕泣哽咽。公主命左右促装，即日出城。某问其居，兼求名氏，公主云："我华岳第三女也。"言毕诀去，出门不见。

从前，有位书生赴京应举，途中留宿关西，住在一个小旅店里。过了一会儿，有几个贵人的仆人说："公主要住在这里。"他们用帷帐把这家客店及周围的几家都围了起来。刚开始，大家都很惊慌，还没来得及搬走。片刻间，他们就听见外面公主的车驾隆隆而至，客人都躲入房间，关上房门，不敢出来。公主要在房间内沐浴，就命令手下检查里面有没有人。侍女说："应该没有人在吧。"但侍女们随即发现了书生，大骂起来。公主命人叫书生出来。她仔细看了看，说："这个人我满意，不要羞辱他，让他进来。"公主沐浴之后，召书生与之相谈，言语之间非常中意他。公主让侍女为他沐浴，给他穿上华丽的衣服，还命人在房内挂上红色的纱帐，铺上锦制的垫褥，安置其他寝玩用具，用尽了奢华。两人一宿欢娱。

第二天，公主和书生一同回到京城。公主家在怀远里，家中有数百侍从婢女，富贵荣华在当时没有谁能比得上。公主家的人呼书生为驸马，书生的吃穿用度与王公贵族没有两样。书生有父母，公主就命令奴婢到书生家里去请安，还给了很多钱和与此相当的物品。书生家因为这些财物成了荣华富贵之家。这样过了七年，公主生了两个男孩儿、一个女孩儿。忽然有一天，公主对书生说，要为他娶个媳妇。书生很惊讶，奇怪为什么公主会这么说。公主回答："我不是凡人，不能永远是你的妻子，你应当有自己的妻室。"书生这才明白，公主不是对自己没有恩爱。此后，书生再次结婚，但与公主的往来并没有断绝。后来，书生的妻子因为他有时一走就是好几天不回家，便叫人跟着他，结果看见书生经常进入一个废弃的宅子，担心书生被鬼神魅惑。一天，妻子把书生灌醉，让会法术的道士画了符咒，放进书生的衣服里及其他部位。

后来，书生又去公主家，但公主让家中的侍从挡住他，不让他进门。书生开始不知道原因，靠在门边难过惆怅。公主忍不住出门来，狠狠地斥责他说："你从来就是一个贫穷的书生，是我抬举你，你才成为显贵之人。我待你不薄，可是，你为什么让你妻子画符来离间我们？是因为我不能因此事而杀你吗？"书生仔细地检查自己的衣服，才知道身上有符咒，便诚恳地向公主赔罪。公主说："我能原谅你，但符咒开始起作用了，我们不能制止它了。"说完，公主就把儿女全部叫出来，让他们与父亲诀别。书生泣不成声。之后，公主叫仆人速速收拾行装，马上出城。书生问公主要住在哪里，又问了公主姓名。公主说："我是华山君的第三个女儿。"说完，她就和书生诀别了，一出门就不见了踪迹。

郭翰

张荐

　　太原郭翰，少简贵，有清标[1]。姿度美秀，善谈论，工草隶。早孤独处，当盛暑，乘月卧庭中。时有清风，稍闻香气渐浓。翰甚怪之，仰视空中，见有人冉冉而下，直至翰前，乃一少女也。明艳绝代，光彩溢目，衣玄绡之衣，曳霜罗之帔，戴翠翘凤凰之冠，蹑琼文九章之履。侍女二人，皆有殊色，感荡心神。翰整衣巾，下床拜谒曰："不意尊灵迥降，愿垂德音。"女微笑曰："吾天上织女也。久无主对，而佳期阻旷，幽态盈怀。上帝赐命游人间，仰慕清风，愿托神契。"翰曰："非敢望也，益深所感。"女为敕侍婢净扫室中，张霜雾丹縠之帏，施水晶玉华之簟，转会

《郭翰》出自张荐撰《灵怪集》，宋李昉录于《太平广记》卷六十八女仙十三。

[1] 清标：清峻脱俗。

风之扇，宛若清秋。乃携手升堂，解衣共卧。其衬体轻红绡衣，似小香囊，气盈一室。有同心龙脑之枕，覆双缕鸳文之衾。柔肌腻体，深情密态，妍艳无匹。欲晓辞去，面粉如故。为试拭之，乃本质也。翰送出户，凌云而去。

自后夜夜皆来，情好转切。翰戏之曰："牵郎何在？那敢独行？"对曰："阴阳变化，关渠何事？且河汉隔绝，无可复知。纵复知之，不足为虑。"因抚翰心前曰："世人不明瞻瞩耳。"翰又曰："卿已托灵辰象②，辰象之门，可得闻乎？"对曰："人间观之，只见是星，其中自有宫室居处，群仙皆游观焉。万物之精，各有象在天，成形在地。下人之变，必形于上也。吾今观之，皆了了自识。"因为翰指列宿分位，尽详纪度。时人不悟者，翰遂洞③知之。后将至七夕，忽不复来，经数夕方至。翰问曰："相见乐乎？"笑而对曰："天上那比人间？正以感运当尔，非有他故也，君无相忌。"问曰："卿来何迟？"答曰："人中五日，彼一夕也。"又为翰致天厨，悉非世物。徐视其衣，并无缝。翰问之，谓翰曰："天衣本非针线为也。"每去，辄以衣服

② 辰象：天象，星象。

③ 洞：洞悉。

自随。

经一年，忽于一夕，颜色凄恻，涕流交下，执翰手曰："帝命有程，便可永诀。"遂呜咽不自胜。翰惊惋曰："尚余几日在？"对曰："只今夕耳。"遂悲泣，彻晓不眠。及且，抚抱为别，以七宝碗一留赠，言明年某日，当有书相问。翰答以玉环一双，便履空而去，回顾招手，良久方灭。翰思之成疾，未尝暂忘。明年至期，果使前者侍女将书函致。翰遂开封，以青缣为纸，铅丹为字，言词清丽，情念重叠。书末有诗二首，诗曰："河汉虽云阔，三秋尚有期。情人终已矣，良会更何时？"又曰："朱阁临清汉，琼宫御紫房。佳期情在此，只是断人肠。"翰以香笺答书，意甚慊切。并有酬赠诗二首，诗曰："人世将天上，由来不可期。谁知一回顾，交作两相思。"又曰："赠枕犹香泽，啼衣尚泪痕。玉颜霄汉里，空有往来魂。"

自此而绝。

是年，太史奏织女星无光。翰思不已，凡人间丽色，不复措意④。复以继嗣大义须婚，强娶程氏女，所不称意，复以无嗣，遂成反目。翰后官至侍御史而卒。

译文

太原郭翰，年轻时简傲高贵，有清俊脱俗之气。他气度不凡，极善言谈，擅长草书隶书。他早年失去双亲，独自居住，很是洒脱不羁。当时正是盛夏，趁着月色，郭翰在庭院中歇息。这时，一阵清风袭来，香气越来越浓。郭翰觉得很奇怪，就仰望天空，只见有人缓缓飘下，来到他的面前，原来是一个妙龄女子。这女子生得风华绝代，光彩照人，身穿黑色的丝绸衣服，披着白色的罗纱披肩，头顶戴着翠翘凤凰之冠，脚踩琼文九章之鞋。她身边有侍女二人，都很美艳，令人心动。郭翰理了理衣巾，下床拜见，说："没有想到尊贵的仙子突然降临，希望能够听到您的美言。"那女子笑着说："我是天上的织女。很长时间都无人陪伴，加上与牛郎

④措意：留意，用心。

相见之日被阻绝，满心充满了幽幽的情丝，天帝恩赐我，允许我到人间一游。我仰慕你高洁之风，愿托身于你。"郭翰说："我不敢期望如此，但深深地被你感动了。"于是，织女命令侍婢打扫房间，展开霜雾丹縠的帏帐，铺上水晶玉华的垫席，转动会生风的扇子，好像清爽的秋天一样。一切就绪，他们携手进入房间，宽衣解带，共卧一处。织女内穿轻薄的红绸衬衣，如同小香囊，香气盈满整个房间。二人并肩躺在同心龙脑的枕头，盖着用双缕线绣成鸳鸯图案的被子。她肌肤柔嫩，身体滑腻，深情密态，妍丽无人能及。天快亮时，织女辞别而去，脸上仍然呈粉嫩之色。郭翰尝试为她擦拭，但没有任何变化，原来，那就是她本来的颜色。郭翰送别织女，织女翩然而去。

　　从此，织女每晚都来，二人感情更加亲密。郭翰戏弄织女说："牛郎在何处，你怎么敢独自出门？"织女回答说："阴阳变化，关他什么事？况且我和他之间有天河隔绝，不可能知道。纵然他知道了这件事，也不值得为此忧虑。"她抚着郭翰的心，说："世俗之人看不清楚罢了。"郭翰又问："你已经托灵于星象，星象的门道，可以让我听听吗？"织女回答："人间观看星象，只看到它们是星星，然而在群星之中自有宫室住处，神仙在那里游览观看。世界万物的精气，都是相互联系的，在天上就成为星象，在地上就形成形象。在世界人事的变化，必然在天上通过星象表现出来。我现在观看星象，都会清清楚楚地知道。"说完，她为郭翰指出各个星宿的分布排列，详细地介绍天上的法纪制度。因此，当时世人不明白的事情，郭翰能够透彻地了解。后来，快到七月初七，织女忽然不再来，几天之后才再次出现。郭翰问道："你与牛郎相见，高兴吗？"织女笑着回答："天上哪能与人间相比？正因为时运当如此罢了，并没有其他的原因。郎君你不要妒忌。"郭翰又问："你为什么来得这么晚？"织女回答："人间五日，天上一夜。"织女又为郭翰准备了一场天上的盛宴，所有吃食均不是世间之物。郭翰慢慢地观察她的衣服，发现衣服全都没有接缝。郭翰问织女是怎么回事，织女说："天上的衣服本来就不是用针线做的。"织女每次与他相见都带着自己的衣服。

如此过了一年。忽然有一天晚上，织女脸色悲伤，涕泪交下，握住郭翰的手说："天帝的命令有限定的日期，如今已到，现在就该永别了。"说完，她禁不住地痛哭起来。郭翰既惊讶又惋惜，说："还剩下几天？"织女回答："只有今天晚上了。"她悲伤地哭泣，彻夜未眠。天明之时，织女与郭翰拥抱着告别，留赠给他一只七宝碗，说是第二年的某天会有书信相问。郭翰则回赠了一双玉环。随后，织女就踏空而去，不停地回头招手，很久才消失在天际间。织女走后，郭翰相思成疾，一刻也不能忘记她。到了第二年约定的日期，织女果然派以前的侍女带着书函而来。郭翰打开书函，书信以青缣为纸，以铅丹为字，言词清丽，情意缠绵。信的末尾还附诗二首，其一是："河汉虽云阔，三秋尚有期。情人终已矣，良会更何时？"其二是："朱阁临清汉，琼宫御紫房。佳期情在此，只是断人肠。"郭翰以香笺回复，充满哀怨，也附有赠诗二首。其一写道："人世将天上，由来不可期。谁知一回顾，交作两相思。"其二写道："赠枕犹香泽，啼衣尚泪痕。玉颜霄汉里，空有往来魂。"从此，二人就断绝了音信。

这一年，太史上奏皇帝说，织女星黯淡无光。郭翰对织女思念不已，世间的美丽女子不再能使他留心注意。后来，郭翰要为继承宗嗣而结婚，勉强娶了程家的女儿，但因为不称心，又没有子嗣，二人反目成仇。郭翰后来做到了侍御史之职才去世。

王生

张荐

原文

杭州有王生者,建中初,辞亲之①上国②,收拾旧业,将投于亲知,求一官耳。行至圃田,下道,寻访外家旧庄。日晚,柏林中见二野狐倚树,如人立,手执一黄纸文书,相对言笑,旁若无人。生乃叱之,不为变动。生乃取弹,因引满弹之,且中其执书者之目,二狐遗书而走。王生遽往,得其书,才一两纸。文字类梵书而莫究识,遂缄于书袋中而去。其夕,宿于前店,因话于主人。方讶其事,忽有一人携装来宿,眼疾之甚,若不可忍,而语言分明,闻王之言曰:"大是异事,如何得见其书?"王生方将出书,主人见患眼者一尾垂下床,因谓生曰:"此狐也。"王生遽收书于怀中,以手

《王生》出自张荐撰《灵怪集》,宋李昉录于《太平广记》卷四百五三十狐七。

① 之:去往。

② 上国:这里指京师。

摸刀逐之，则化为狐而走。一更后，复有人扣门，王生心动曰："此度更来，当与刀箭敌汝矣。"其人隔门曰："尔若不还我文书，后无悔也！"自是更无消息。

王生祕③其书，缄縢甚密，行至都下，以求官伺谒之事，期方赊缓，即乃典贴旧业田园，卜居近坊，为生生之计。月余，有一僮自杭州而至，缞裳入门，手执凶讣。王生迎而问之，则生丁家难已数日，闻之恸哭。生因视其书，则母之手字，云："吾本家秦，不愿葬于外地。今江东田地物业，不可分毫破除，但都下之业，可一切处置，以资丧事。备具皆毕，然后自来迎接。"王生乃尽货田宅，不候善价。得其资，备塗刍之礼，无所欠少。既而复篮舁④东下，以迎灵舆。

及至扬州，遥见一船子，上有数人，皆喜笑歌唱。渐近视之，则皆王生之家人也。意尚谓其家货之，今属他人矣。须臾，又见小弟妹搴帘而出，皆彩服笑语。惊怪之际，则其家人船上惊呼，又曰："郎君来矣，是何服饰之异也？"王生潜令人问之，乃见其母惊出。生遽毁其缞绖⑤，行拜而前。母迎而问之。其母骇曰："安得此理？"王生乃出母送遗书，乃一张空纸耳。母又

③ 祕：同"秘"。

④ 篮舁：同"篮舆"，古代人乘坐的竹轿。

⑤ 缞绖（cuī dié）：麻布做的丧服。

曰："吾所以来此者，前月得汝书，云近得一官，令吾尽货江东之产，为入京之计。今无可归矣。"及母出王生所寄之书，又一空纸耳。王生遂发使入京，尽毁其凶丧之具。因鸠集⑥余资，自淮却扶侍，且往江东。所有十无一二，才得数间屋，至以庇风雨而已。

有弟一人，别且数岁，一旦忽至，见其家道败落，因征其由。王生具话本末，又述妖狐事，曰："但应以此为祸耳。"其弟惊嗟，因出妖狐之书以示之。其弟才执其书，退而置于怀中，曰："今日还我天书。"言毕，乃化作一狐而去。

⑥鸠集：聚集，搜集。

译文

杭州有个叫王生的，在建中初年辞别双亲，要去京师。临行前，王生清理了祖业，准备投奔京师的亲友，谋一个官职。他行至圃田的时候，走下官道，去寻访外祖父家的旧庄园。天黑之时，王生在柏树林中看见两只野狐狸倚着树，像人一样站立，手里还拿着一本黄纸书，相对言笑，好像旁边没有人的样子。王生大声呵

斥，但它们不为所动。王生又拿出弹弓拉满，去射那两只野狐狸，结果射中了拿着书的狐狸的眼睛。两只狐狸扔下书就跑了。王生急忙跑过去，得到了那本书。书只有一两张纸，文字类似梵文，没人认识，于是王生就把书放到袋子里离开了。当天晚上，王生住在前面的客店里，向老板说了这件事。老板正感到惊诧的时候，有一个人拿着行李前来住宿，他患了严重的眼病，好像不能忍受的样子，但说话非常清楚。他听了王生的话，说："这真是一件大怪事，怎样才能看看那本书呢？"王生刚要拿书出来，店主人看见那人有一条尾巴垂下了床，便对王生说："这是一只狐狸。"王生马上把书藏在怀中，摸了刀出来，追赶那人。那人化成狐狸跑了。一更天后，又有人敲客店的门。王生心念一动，说："你要再来，我就要用刀箭对付你。"那人隔着门说："要是不把书还给我，你以后不要后悔！"从此，再也没有那两只狐狸的消息。

王生藏起了那本书，把它严实地封起来，随身携带，就这样到了京都。王生要求官，等候拜谒，归期就延迟了。为了生计，王生典卖了旧的产业和园子，选择了离街市很近的地方住下。过了一个多月，有一个僮仆从杭州过来，穿着丧服走进门来，手里拿着报丧的信。王生迎上去问那个僮仆，僮仆说王生的家中遭遇了重大变故，已经很多天了。王生听后，痛哭起来。王生再看信的内容，确实是母亲亲笔："我家本来住在秦地，不愿意埋葬在外地。现在江东的田地和产业，不可以乱动一分一毫，但京城里的产业可任由你处置，用来完成丧葬事宜。一切准备完毕之后，再亲自来迎接。"于是，王生没等到一个好的价钱，就把京都的田园、住宅全卖了。王生购置了送葬所用的一切事物，这些钱最后也没剩下多少。然后，他乘着竹轿向东走，迎接母亲的灵车回秦地。

等到了扬州，王生远远地看见一条小船，船上有几个人，都在喜笑颜开地唱歌。等到慢慢靠近，他才知道船上全是王生家的仆人。王生以为他们被家人卖了，现在是别家的仆人。过了一会儿，又有家仆掀起门帘出来，穿着彩衣，玩笑着。他感到惊讶，就听到他家的仆人在船上吃惊地喊叫："公子来了，他穿的是什么衣服，怎么这么奇怪？"王生暗中派人去询问，然后就看见母亲吃惊地走了出来。王生立刻毁掉了孝服，边走上前去边行礼。母亲迎过来，问他事情的原委。听完，母亲惊恐地说："怎么会这样？"王生拿出母亲送来的信，发现已经变成了一张白纸。王生的母亲又说："我之所以来到这里，是因为上个月收到你的信，说是近来谋得一个官职，让我把江东的产业全部变卖，做好入京的打算。现在，我们无家可归了。"等母亲取出王生的信一看，又是一张白纸。王生只好派人入京，把办丧事用的东西全部毁掉，然后把剩下的资产聚集到一起，从淮水往回走。他搀扶、侍候着母亲，暂且往江东而去。王生的家财只剩下十分之一二，买了几间屋子，仅仅用来遮风避雨罢了。

王生还有一个弟弟，分别多年。一天早晨，弟弟忽然到来，看见王生家道败落，就询问其中原因。王生详细地诉说了整件事情，又告诉了妖狐之事，说："就是因为那本书才引起此等灾祸。"弟弟听后，惊叹不已。王生拿出妖狐的书给他看。弟弟刚拿到书，就后退一步，把书放在怀中，说："今天还我天书。"话刚说完，弟弟就变成一只狐狸离开了。

赵旭

陈劭

原文

天水赵旭，少孤介好学，有姿貌，善清言①，习黄老之道。家于广陵，尝独葺幽居，唯二奴侍侧。尝梦一女子，衣青衣，挑笑牖间。及觉而异之，因祝曰："是何灵异？愿觌②仙姿，幸赐神契。"夜半，忽闻窗外切切笑声。寻知其神，复祝之。乃言曰："吾上界仙女也。闻君累德清素，幸因寤寐，愿托清风。"旭惊喜，整衣而起曰："襄王巫山之梦，洞箫秦楼之契，乃今知之。灵鉴③忽临，忻欢交集。"乃回灯拂席以延之。

忽有清香满室，有一女，年可十四五，容范旷代，衣六铢雾绡之衣，蹑五色连文之履，开帘而入。旭载拜，女笑曰："吾天上青童，久居清禁。幽怀阻旷，位

《赵旭》出自陈劭撰《通幽记》，宋李昉录于《太平广记》卷六十五女仙十。

① 清言：高雅的言论。

② 觌（dí）：见，相见。

③ 灵鉴：上天的照览。

居末品，时有世念。帝罚我人间随所感配。以君气质虚爽，体洞玄默，幸托清音，愿谐神韵。"旭曰："蜉蝣之质，假息刻漏，不意高真俯垂济度，岂敢妄兴俗怀？"女乃笑曰："君宿世有道，骨法应仙，然已名在金格，当相与吹洞箫于红楼之上，抚云璈④于碧落之中。"乃延坐，话《玉皇》《内景》之事。夜鼓，乃令施寝具，旭贫无可施。女笑曰："无烦仙郎。"乃命备寝内。须臾雾暗，食顷方收。其室中施设珍奇，非所知也。遂携手入内，其瑰姿发越，希世罕俦⑤。

夜深，忽闻外一女呼"青夫人"，旭骇以问之，答曰："同宫女子相寻尔，勿应。"乃扣柱清歌曰："月露飘飘星汉斜，独行窈窕浮云车。仙郎独邀青童君，结情罗帐连心花……"歌甚长，旭唯记两韵。谓青童君曰："可延入否？"答曰："此女多言，虑泄吾事于上界耳。"旭曰："设琴瑟者，由人调之，何患⑥乎！"乃起迎之。见一神女在空中，去地丈余许，侍女六七人，建九明蟠龙之盖，戴金精舞凤之冠，长裙曳风，璀璨心目。旭载拜邀之，乃下曰："吾嫦娥女也。闻君与青君集会，故遘逃耳。"便入室。青君笑曰："卿何

④ 云璈：一种打击乐器，云锣。

⑤ 俦：相比。

⑥ 患：担心。

以知吾处也？"答曰："佳期不相告，谁过耶？"相与笑乐。旭喜悦不知所裁，既同欢洽。将晓，侍女进曰："鸡鸣矣，巡人案之。"女曰："命车。"答曰："备矣。"约以后期，答曰："慎勿言之世人，吾不相弃也。"及出户，有五云车二乘浮于空中。遂各登车诀别，灵风飒然，凌虚而上，极目乃灭。旭不自意如此，喜悦交甚。自后但洒扫、焚名香、绝人事以待之。

隔数夕复来，来时皆先有清风肃然，异香从之，其所从仙女益多，欢娱日洽。为旭致行厨珍膳，皆不可识，甘美殊常。每一食，经旬不饥，但觉体气冲爽。旭因求长生久视之道，密受隐诀。其大抵如《抱朴子·内篇》⑦修行，旭亦精诚感通。又为旭致天乐，有仙伎飞奏帘楹而不下，谓旭曰："君未列仙品，不合正御，故不下也。"其乐唯笙箫琴瑟，略同人间，其余并不能识，声韵清锵。奏讫而云雾霏然，已不见矣。又为旭致珍宝奇丽之物，乃曰："此物不合令世人见。吾以卿宿世当仙，得肆所欲。然仙道密妙，与世殊途，君若洩之，吾不得来也。"旭言誓重叠。

后岁余，旭奴盗琉璃珠鬻⑧于市，适值胡人，捧而

⑦《抱朴子·内篇》：道教经典，为神仙道教奠定理论基础。作者葛洪，晋代人。

礼之，酬⑨价百万。奴惊不伏，胡人逼之而相击。官勘之，奴悉陈状。旭都未知。其夜女至，怆然无容曰："奴洩吾事，当逝矣。"旭方知失奴，而悲不自胜。女曰："甚知君心，然事亦不合长与君往来，运数然耳。自此诀别，努力修持，当速相见也。其大要以心死可以身生，保精可以致神。"遂留《仙枢龙席隐诀》五篇，内多隐语，亦指验于旭，旭洞晓之。将旦而去，旭悲哽执手。女曰："悲自何来？"旭曰："在心所牵耳。"女曰："身为心牵，鬼道至矣。"言讫，竦身而上，忽不见，室中帘帷器具悉无矣。旭恍然自失。其后寤寐，仿佛犹尚往来。

旭大历初犹在淮泗。或有人于益州见之，短小，美容范，多在市肆商货，故时人莫得辨也。《仙枢》五篇，篇后有旭纪事，词甚详悉。

⑧鬻（yù）：卖。
⑨酬：同"酬"。

天水有个叫赵旭的书生，年轻时耿直方正，喜好学习，相貌堂堂，爱好谈论玄理，学习道家清净无为的治世之术。他的家在广陵，曾经独自盖了一处幽静的居所，只有两个仆人在身边服侍。他梦见过一名女子，身着青衣，在窗外对他微笑。等到醒来时，觉得这个梦很奇怪，他就祈祷："究竟是何神仙？愿一睹仙姿，希望能够恩赐与仙子相结合。"半夜时分，他忽然听到窗外有轻笑之声。赵旭知道是神仙来了，再次祈祷。女子这才说道："我是上界的仙女。听闻你积累德行，清高闲雅，有幸与你在梦中相识，愿将终身托付给德行高洁的你。"赵旭听后，又惊又喜，整理一下衣服，站起身说："襄王在梦中与巫山神女幽会，萧史与弄玉之约，我今天才算真正明白了。上天的恩赐忽然降临，欢乐至极。"于是，赵旭重新把灯点亮，拂拭座席的灰尘，迎接仙女的到来。

忽然满室清香，有一女子，年十四五岁，容貌举世无双，身披轻薄如雾的六铢衣，脚穿五色连纹的鞋子，掀开门帘，缓缓而入。赵旭拜了又拜。女子笑着说："我是天上的青童，久居在天宫，幽情阻绝，位居最末品级，常常有世俗之念，于是天帝惩罚我来到人间，随我的意愿婚配。因为你的性情谦虚率真，本性清净无为，我有幸托身于你，愿与你相谐。"赵旭说："我只不过是天地间一蜉蝣，在这世间有片刻的喘

息，没想到仙子能屈尊下界来度化我，又怎敢妄想有世俗之情？"青童笑着说："你前世有道家因缘，按骨法来说，当能成仙，名字已在仙谱之中，当与我如同弄玉、萧史一般在红楼之上吹洞箫，在天空尽头抚云璈。"她请赵旭坐下，谈论《玉皇经》《内景经》所载之事。夜晚的鼓声响起，青童就让赵旭铺设就寝用具。但赵旭穷得没有什么可以准备的。青童笑着说："不用麻烦你。"说完，她命仙仆准备卧房内的用具。一会儿，房内开始云雾缭绕，一顿饭工夫雾气才散开。这时，只见卧房内摆放的全是奇珍异宝，都是赵旭从没见过的。二人携手走入房内，青童仙姿绰约，世上无人可比。

夜深之时，忽听窗外有一个女子喊"青夫人"。赵旭惊诧地问身边的仙子。仙子答道："那是与我同宫的女子找我，你不要答应。"外面的仙女敲着柱子，唱道："月露飘飘星汉斜，独行窈窕浮云车。仙郎独邀青童君，结情罗帐连心花……"歌词很长，赵旭只记住两韵，对青童说："可以请她进来吗？"青童回答："这女子多言，我怕她把我们的事泄露给上界。"赵旭说："摆设琴和瑟，是由人来调节，使它们和谐的。你担心什么呢？"于是，他起身去迎接她。只见有一仙女飘在空中，距离地面一丈多，身边还有六七个侍女，立起镶有九明蟠龙花纹的伞盖。她戴着金精舞凤冠，长长的衣裙在风中摇曳，光彩夺目。赵旭行了两次拜礼来邀请她，她才从空中下落，说："我是嫦娥，听说你与青童相会，所以特意来抓这个从天宫逃跑的人。"说着，她就进了房间。青童笑着说："你怎么知道我在哪儿？"嫦娥回答说："你们私下相会不告诉我，这是谁的过错呢？"二人欢笑在一处。赵旭高兴得不知所为，三人玩耍欢乐在一处。天将明时，侍女走进来说："天亮了，巡逻的人会审问我们。"女子说："备车！"侍女回答："已经准备好了。"仙女们与赵旭约定后会之期，告诉他："千万不要跟世人说起此事，否则我们会抛弃你。"二位仙女出了门，已有两辆五云车浮在空中等候。两位仙女各自登车告别，突然间，仙风袭来，两辆五云车凌空直上，渐渐消失在目光的尽头。赵旭没想到会发生这样的事情，非常高兴。从此，他每天洒扫庭院内室，焚烧名香，断绝与世人往来，专等仙女到来。

隔了几个夜晚，仙女再次到来，来的时候都是先有清风吹来，异香紧随其后。这回跟随的仙女更多了，他们一起欢娱，一天比一天融洽。她们为赵旭烹煮各种珍膳，这些珍膳赵旭都不曾见过，味道非常鲜美，每吃完一顿，就可以几十天不觉饥饿，只是觉得神清气爽。赵旭趁机求长生不老之法，仙女们就偷偷地传授给他秘诀。这秘诀大致和《抱朴子·内篇》所记载的一样，赵旭也因为极为诚心而很快感悟到其中的妙处。仙女们又为赵旭招来天上的仙子演奏天乐。有的仙伎飘在楹帘之上奏乐而不下来，对赵旭说："您还没有列入仙人的品级，不应该像仙人那般享用天乐，所以我们就不能下去演奏。"仙子们的乐器只有笙箫琴瑟，略微与人间的相同，其余的赵旭都不认识，其演奏的音乐声有余韵，清越而铿锵。刚演奏完，就飘起一阵云雾，再看时，那些奏乐的仙子已经不见了。青童等人又为赵旭找来各种奇珍异宝，说："这些东西不能让世俗之人看见，因为你前世应当成仙，所以我能够极力满足你的所求。然而，仙道之法神秘绝妙，与世俗不同。如果你泄露天机，我就不能来了。"赵旭一再发誓绝不泄露。

　　过了一年多，赵旭的奴仆偷了他的琉璃珠拿到集市上去卖，恰好遇到一个胡人捧着琉璃珠向他行礼，愿以百万的价钱来购买。那个奴仆很不情愿，胡人就逼迫他，与他厮打起来。官府调查这件事，奴仆就把详细情况都讲了出来，而赵旭一点儿都不知道。当天夜里，青童到来，很悲伤，失去了往日的笑容，说："你的仆人泄露了我们的事，我该走了。"赵旭这才知道丢了一个奴仆，痛不欲生。青童说："我非常了解你的心意，然而，在道理上，我也不应该跟你长期往来，只是命数罢了。从此，我们再不相见，你努力修持道法，我们应该很快就能见面。修行中最关键的是心死方可以身生，保持精气才可以到达神仙的境界。"说完，她又留下了五篇《仙枢龙席隐诀》。篇中有很多隐语，青童又对赵旭指点一二，赵旭很快就精通了。快到天亮的时候，青童才离开。赵旭与青童执手相望，悲伤地哭泣起来。青童说："你为何悲伤？"赵旭说："因为我的心有所牵挂。"青童说："你的身体如果为心所牵，那么你就进入鬼道了。"说完，她纵身往上一跃，忽然消失不见了，而赵旭房间里的帘帷等器具也都消失了。赵旭恍然若有所失。在这以后，赵旭仿佛在睡梦中还在与青童来往。

赵旭于大历初年时还在淮泗一带。有人在益州见过他，他身材矮小，相貌俊美，经常在集市中卖货，所以当时没人能认出他。《仙枢》五篇，篇后赵旭的记述，内容很详细。

卢顼

陈劭

《卢顼》出自陈劭撰《通幽记》，宋李昉录于《太平广记》卷三百四十鬼二十五。

原文

贞元六年十月，范阳卢顼家于钱塘。妻弘农杨氏。其姑①王氏，早岁出家，隶邑之安养寺。顼宅于寺之北里。有家婢曰小金，年可十五六。顼家贫，假食于郡内郭西堰。堰去其宅数十步，每令小金于堰主事。常有一妇人不知何来，年可四十余，著瑟瑟②裙，蓬发，曳漆履，直诣小金坐。自言姓朱，第十二。久之而去。如是数日。时天寒，小金爇③火以燎。须臾，妇人至，顾见床下炭，怒谓小金曰："有炭而焚烟熏我，何也？"举足踏火，火即灭。以手批小金，小金绝倒于地。小金有弟年可四五岁，在傍大骇，驰报于家。家人至，已失妇人，而小金瞑然如睡，其身殭强如束。命巫人祝之，释

① 姑：古时妻称夫的母亲。

② 瑟瑟：碧绿的宝石。这里指碧绿的颜色。

③ 爇（ruò）：烧的意思。

然。如是具陈其事。居数日，妇人至，抱一物如狸状，而尖嘴卷尾，尾类犬，身斑似虎，谓小金曰："何不食我猫儿？"小金曰："素无为之，奈何？"复批之，小金又倒，火亦扑灭。童子奔归以报，家人至，小金复瞑然。又祝之，随而愈，自此不令之堰。

后数日，令小金引船于寺迎外姑。船至寺门外，寺殿后有一塔，小金忽见塔下有车马，朱紫甚盛。伫立而观之，即觉身不自制。须臾，车马出，左右辟易④，小金遂倒。见一紫衣人策马，问小金是何人，旁有一人对答，二人举扶阶上，不令损。紫衣者驻马，促后骑曰："可速行，冷落他筵馔。"小金问傍人曰："行何适？"人曰："过大云寺寺主家耳。"须臾，车马过尽。其院中人来，方见小金倒于阶上，复惊异载归，祝醉之而醒。

是夕冬至除夜，卢家方备粢盛⑤之具，其妇人鬼倏闪于牖户之间。以其闹，不得入。卢生以二虎目击小金左右臂。夜久，家人怠寝，妇人忽曳，小金惊叫。妇人怒曰："作饼子，何不啖⑥我？"家人惊起，小金乃醒，而左臂失一虎目。忽窗外朗言："还你！"遂掷窗有声。烛之果得。后数日视之，帛裹干茄子，不复虎目

④ 辟易：退避。

⑤ 粢盛：一种古代的祭祀仪式。祭祀时将黍稷放在祭器里。

⑥ 啖：吃或给人吃。

矣。冬至方旦，有女巫来坐，话其事未毕，而妇人来，小金即瞑然。其女巫甚惧，方食，遂夹一枚馄饨，置户限上，祝之。于时小金忽笑曰："笑朱十二吃馄饨，以两手拒地，合面于馄饨上吸之。"卢生以古镜照之，小金遂泣。言："朱十二母在盐官县，若得一顿馄饨，及顾船钱，则不复来。"卢生如言，遂诀别而去。方欲焚钱财之时，已见妇人背上负钱。焚毕而去，小金遂释然。

居间者，小金母先患风疾，不能言，忽于厨中应诺，便入房，切切然语。出大门，良久，抠衣阔步而入，若人骑马状，直至堂而拜曰："花容起居。"其家大惊，花容即杨氏家旧婢，死来十余年，语声行动酷似之。乃问花容何得来，答曰："杨郎遣来，传语娘子，别久好在。要小金母子，故遣取来。"杨郎，卢生舅也。卢生具传，恳辞以留，受语而出门。久之，复命曰："杨郎见传语，切令不用也，急作纸人代之。"依言剪人，题其名字，焚之。又言："杨郎在安养寺塔上，与杨二郎双陆⑦。"卢问："杨二郎是何人？"答曰："神人耳。又有木下三郎，亦在其中。"又问：

⑦ 双陆：一种古代的赌博游戏方式。有点类似下棋，赛盘上两边各置十二格，双方各持十五枚黑或白色棒槌状的马子立于己边，比赛时按掷骰子的点数行走，先走到对方区域者获胜。

"小金前见车马何人？"曰："此是精魅耳。"又问："妇人何鬼？"
曰："本是东邻吴家阿嫂朱氏，平生苦毒，罚作蛇身。今在天竺寺楮树
中，有穴，久而能变化通灵，故化作妇人。"又问："既是蛇身，如何
得衣裳著？"答曰："向某家塚中偷来。"又问："前抱来者何物？"
言野狸，遂辞去。即酌一杯令饮，饮讫，更请一杯，与门前镬八。问：
"镬八是何人？"云是杨二郎下行官。又问："杨二郎出入如此，人遇
之皆祸否？"答曰："如他杨二郎等神物，出入如风如雨。在虚中，下
视人如蝼蚁然，命衰者则自祸耳，他亦无意焉。"言讫而去。至门方
醒，醒后问之，皆不知也。

后小金夜梦一老人，骑大狮子，狮子如文殊所乘，毛彩奋迅，不可
视。旁有二昆仑奴操辔。老人谓小金曰："吾闻尔被鬼物缠绕，故万里
来救。汝是衰厄之年，故鬼点尔作客。云以取钱应点而已，渠亦自得
钱。汝若不值我来，至四月，当被作土户，汝则不免死矣。汝于某日拾
得绣佛子否？"小金曰："然。"曰："汝看此样，绣取七躯佛子，七
口幡子。"言讫，又曰："作八口，吾误言耳。八口，一伴四口，又截
头发少许赎香，以供养之，其厄则除矣。"小金曰："受教矣。今苦腰
背痛，不可忍，慈悲为除之。"老人曰："易耳。"即令昆仑奴向前，
令展手，便于手掌摩指，则如墨染指上，便背上点二灸处。小金方醒，
具说其事，即造佛及幡。视背上，信有二点处，遂灸之，背痛立愈。

卢顼秉志刚直，不信其事，又骂之曰："焉有圣贤来救一婢？此必是鬼耳。"其夜，又梦老人曰："吾哀尔疾危，是以来救。汝愚郎主，却唤我作鬼魅也，吾亦不计此事。汝至四月，必作土户。然至三月末，当须出杭州界以避之矣。夫鬼神所部，州县各异，亦犹人之有逃户。"小金曰："于余杭可乎？"老人曰："余杭亦杭州耳，何益也！"又曰："嘉兴可乎？"曰："可。"老人曰："汝于嘉兴投谁家？"答曰："某家有亲，欲投之。"老人曰："某家有孝，汝今避鬼，还投鬼家，何益也！凡孝有灵筵，神道交通，他则知汝所在。汝投吉人家，则可矣。又临发时，脱汝所爱惜衣一事，剪去身，留领缝襟带，余处尽去之。缚一草人衣之，著宅之阴暗处，汝则易衣而潜去也。"小金曰："诺。圣贤前度灸背，当时获愈，今尚苦腰痛。"老人曰："吾前不除尔腰者，令尔知有我耳。汝今欲除之耶？"复于昆仑手掌中研墨，点腰间一处而去。悟而验之，信有点迹，便灸之，又差。其后妇人亦不来矣。至三月尽，如言潜之嘉兴，自后无事。项宣言于众人，犹有废志。

贞元六年十月，范阳卢顼家住在钱塘。他的妻子是弘农杨氏，杨氏的婆婆王氏，早年出家，住在县城的安养寺，卢顼的家就在寺庙北边的里巷。他有个家婢叫小金，十五六岁。卢顼家境贫寒，在内城的西堰处借粮。西堰离他住的地方有几十步远，每次他都让小金去西堰处理事情。那儿经常有一个不知从哪里来的妇人，四十多岁，穿着碧玉色的衣裙，蓬松着头发，拖着黑色的鞋子，一直走到小金的面前坐下。她自称姓朱，排行第十二。她总会待很久才离开，如此多日。当时天寒，小金在地上生起火。过了一会儿，妇人到了，回头看见床下的木炭，生气地对小金说："你用木炭烧火，用烟熏我，为什么？"说完，她就用脚踩火，火立即就熄灭了。她又用手打小金，小金恼极，昏倒在地。小金有个弟弟，四五岁，在旁边看到后，大惊，急急跑回家报信。家人赶到后，朱十二娘早已失去踪迹，而小金紧闭双眼，像在睡觉，身体却僵硬得像是被捆住一样。家人请来巫师祷告，小金这才苏醒过来，向家人详述了发生的事情。过了几天，妇人又来，这次她抱着一只像狸猫的动物，但尖嘴卷尾，尾巴像狗，身上的斑纹像老虎。她对小金说："何不喂喂我的猫？"小金回答："从来没有喂过，怎么办？"妇人再次用手打她。小金又倒地昏倒，火也被扑灭了。童子又跑回家报信，家人再次赶到。小金又紧闭双眼，如同睡着了。家人又找巫师祷告，小金才苏醒过来。从此，卢顼不再让小金去西堰。

过了几天，卢顼让小金带着船到寺庙去迎接岳母。船行到了寺门外，小金忽然看见寺庙大殿后的塔下有车有马，还有很多穿着朱紫色官服的人。小金站着看热闹，忽然觉得控制不住自己。不一会儿，车马出来，左右都躲避开来，小金又倒在了地上。一个穿紫衣的人策马过来，问小金是什么人，旁边有一个人回答了，两个人把小金扶到了台阶之上，不让她受到伤害。紫衣人停下马，催促后边的人说："快点儿走，别管她，别误了宴席。"小金问旁边的人："他们到哪儿去？"那人回答："去大云寺住持家。"很快，车马全部走了。寺院中的人过来，才看见小金倒在了台阶上，很是诧异。他们用车拉了小金回家，巫师祷告后，小金才再次苏醒。

当晚是冬至的前一天，卢家正准备祭祀所用的器具。朱十二娘鬼似的在门窗之间闪来闪去，因为房间人多杂乱，她没能进去。卢生把两只老虎的眼睛系在小金的左右臂上。夜深了，家人都累得睡着了。妇人忽然拖着小金，小金惊叫着昏倒了。妇人生气地说："你们家做饼子，为什么不给我吃？"家人惊起，小金这才醒过来，而她左臂上的老虎眼睛不见了。这时，窗外忽然有人大声道："还你！"接着，他们就听到东西被掷到窗户上的声音。点上蜡烛一看，果然是那只丢失的老虎眼睛。过了几天，再看老虎的眼睛，发现变成了用丝帛包着的干茄子，不再是老虎的眼睛。第二天冬至，天刚亮，就有个女巫来坐，说这件事还没有结束。朱十二娘再次前来，小金又昏了过去。那女巫非常害怕，因为正赶上吃饭，就夹起一个馄饨，放到门槛上祷祝。与此同时，小金忽然笑道："朱十二娘吃馄饨太可笑了，用两手抓地，脸对着馄饨，用嘴去吸。"卢顼听后，用古镜去照。可小金哭了起来，说："朱十二娘的母亲在盐官县，如果能吃到一顿馄饨，有雇船回乡的钱，她就不会再来。"卢顼依言而为，朱十二娘诀别而去。卢顼正要焚烧钱财之时，看见朱十二娘背着钱，等钱烧完便离开了。再看小金，又恢复了原样。

住在这里的还有小金的母亲，她从前得过风疾，不能说话。忽然有一天，她在厨房中应答，随后走入屋内，细声细语地说着话，然后走出了大门。过了很久，她又提起衣服前襟，大步进来，好像人骑马的样子，一直来到堂前，行拜礼说："花容请安。"家人大惊失色，因为花容是杨家以前的婢女，死了十多年，看小金母亲的言行，非常像她。家人问花容从哪里来。花容回答："是杨郎派我来的，让我传话给娘子，很久不见，是否安好，他想要小金母子，所以派我前来要人。"杨郎就是卢顼妻子的兄弟。卢顼把花容的话告诉了他的妻子，同时诚恳地要求留下小金母子。花容听后，出了门，过了许久，回来回复说："杨郎听见那些话，就令不用把小金母子带回去了，但是得快些做两个纸人来代替她们。"卢顼按照杨郎所说，剪了两个纸人，又写上她们的名字，然后烧掉。花容又说："杨郎在安养寺的塔上，与杨二郎赌双陆。"卢生问："杨二郎是什么人？"花容回答："是神仙。还有木下三郎，也在那里。"卢生又问："先前小金在安养寺看见的车马，里面都是什么人？"花容回答："那些是妖精鬼怪。"卢生再问："朱十二娘这个妇人是什么鬼？"花容再答："她原来是东邻吴家阿嫂朱氏，平生狠毒，因此被罚作蛇身，现在在天竺寺楮树中的树洞里，时间长了，便能变化通灵，所以化作了妇人。"卢顼再问："既然是蛇身，怎么会有衣服？"花容再答："是从别人的坟里偷来的。"卢顼再问："之前抱来的是什么东西？"花容回答是野狸，说完就要辞别离去。卢顼倒了一杯酒让她喝。花容喝完，又要一杯给在门前的镬八。卢顼问："镬八是什么人？"花容说是杨二郎的下行官。卢顼最后问："杨二郎如此行事，凡人遇上他，都会有灾祸吧？"花容回答说："像杨二郎这样的神仙，往来行事，像风雨一般，在天空中俯视世人如同蝼蚁，时运不济的则自有祸患，他也无意如此。"花容说完就离开了，她到了门口，小金的母亲才清醒过来。卢顼问她发生了什么，她却全都不知道。

后来有一晚，小金梦见了一位老人。老人骑着大狮子，那狮子好像文殊菩萨的坐骑，毛色光彩夺目，行动迅速，不可直视。旁边还有两个昆仑奴拿着缰绳。老人对小金说："我听说你为鬼所缠，所以不远万里前来救你。你今年是命运衰厄之年，所以那些鬼魂都选择了你，说是要点儿钱应付罢了，他们自己也会弄到钱。你如果没有赶上我来，到了四月，你就会被当作和他们一样的鬼魂，那时你就免不了真的死亡。你是不是在某一天捡到了绣的菩萨图？"小金回答："是的。"老人说："那你照着这个样子，绣七身佛陀在七个幡子上。"说完，老人又改口说，"绣八个幡子，我说错了，八个，一半四个，再剪下少许头发，焚香供奉这些绣着七身佛的幡子，那么灾难就会消除。"小金说："受教了。现在苦于腰背疼痛，不可忍受，您发发慈悲，帮我祛除这些病痛。"老人说："容易。"然后，老人令昆仑奴走上前来，张开双手，然后老人在他们的手掌磨手指，手指磨得漆黑，就像墨染一般，然后在小金的背上点了两个穴位。小金从睡梦中醒来，就把梦中发生的事详细地告诉了卢顼。然后，小金马上开始绣七身佛陀，制作幡子。小金的后背确实有两个黑点，按照位置针灸，背痛立刻消失。

卢顼秉性刚直，不相信这些事，骂小金说："哪有神仙来救一个婢女的道理？这一定是鬼。"当天夜里，小金又梦见老人说："我可怜你患病，处于危险之中，这才来救你，你那愚蠢的主人却说我是鬼怪，我也不计较这件事。如果你不听我的话，那么到四月的时候，必死无疑。但是到了三月末，你就应该离开杭州地界去躲避，可免一劫。那鬼神所管辖的范围，州县各不相同，就好像人有流亡外地，没有户籍一样。"小金说："去余杭可以吗？"老人说："余杭也属杭州，有什么用？"小金又问："嘉兴可以吗？"老人回答："可以。"老人问："你到嘉兴投靠谁家？"小金回答："我有亲戚在那儿，想要投靠他。"老人说："你那个亲戚家有丧事，你现在是要躲避鬼，还投奔有鬼的人家，有什么好处？凡是丧事，都会有供奉亡灵的筵席，神道与鬼道相互交往，那些鬼就会知道你的所在。你投奔到吉祥的人家才可以。你临行前，脱掉喜欢的衣服，剪去衣身，只留下领缝襟带，其余部分全都去掉，然后扎一个稻草人穿上，放在屋子的阴暗处。你就换上别的衣服，偷偷离开。"小金说："好的。神仙上次来给我针灸背部，当时痊愈，但现在还苦于腰痛。"老人说："我之前不根除你病痛的原因，就是让你知道有我。你现在还要根除吗？"之后，老人又在昆仑奴的手掌中磨出黑色，在小金的腰处一点，之后便离开了。小金醒来之后，再次验证，真的有黑色的印迹，又再次按照印迹针灸，病愈了。自那以后，朱十二娘再也没有出现过。到了三月末，小金按照老神仙的话，偷偷地到了嘉兴，此后便相安无事。后来，卢顼向其他人谈论此事，还是心有疑惑。

湘中怨解

沈亚之

《湘中怨解》是沈亚之所撰，篇末自叙作于元和十三年。见于《沈下贤集》，宋李昉《太平广记》卷二百九十八神八亦收有此篇，题作"太学郑生"。鲁迅《唐宋传奇集》、汪辟疆《唐人小说》均录。

原文

《湘中怨》者，事本怪媚，为学者未尝有述。然而淫溺之人，往往不寤。今欲概其所论，以著诚而已。从生韦敖，善撰乐府，故牵而广之，以应其咏。

垂拱年中，驾幸上阳宫[①]。太学进士郑生，晨发铜驼里，乘晓月度洛桥。闻桥下有哭声甚哀。生下马，循声索之。见有艳女，翳然[②]蒙袖曰："我孤，养于兄。嫂恶，常苦我。今欲赴水，故留哀须臾。"生曰："能遂我归之乎？"应曰："婢御无悔。"遂与居，号曰"汜人"。能诵楚人《九歌》《招魂》《九辩》之书，亦常拟其调，赋为怨句。其词丽绝，世莫有属者。因撰《风光词》曰："隆佳秀兮昭盛时，播薰绿兮淑华归。顾室荑与处萼兮，潜重房以饰姿。见稚态之韶羞兮，

① 上阳宫：唐代的宫殿。在今河南省洛阳城西洛水北岸。唐高宗时建。武则天时大事兴修，常居于此。玄宗时，被谪宫人多居此地。

② 翳然：形容隐蔽的样子。

蒙长霭以为帏。醉融光兮渺弥，迷千里兮涵洇湄。晨陶陶兮暮熙熙。舞婑娜之秾条兮，骋盈盈以披迟。酡游颜兮倡蔓卉，縠流倩电兮石发漪旎。"生居贫，氾人尝解箧，出轻缯一端，与卖，胡人酬之千金。居数岁，生将游长安。是夕，谓生曰："我湘中蛟宫之娣也，谪而从君。今岁满，无以久留君所，欲为诀耳。"即相持啼泣。生留之，不能，竟去。

后十余年，生之兄为岳州刺史。会上巳日，与家徒登岳阳楼，望鄂渚，张宴乐酣。生愁吟曰："情无垠兮荡洋洋，怀佳期兮属三湘。"声未终，有画舻浮漾而来。中为彩楼，高百余尺，其上施帏帐，栏笼画饰。帷褰③，有弹弦鼓吹者，皆神仙蛾眉，被服烟霓，裙袖皆广长。其中一人起舞，含颦④凄怨，形类氾人，舞而歌曰："泝青山兮江之隅，拖湘波兮袅绿裾。荷拳拳兮未舒，匪同归兮将焉如？"舞毕，敛袖，翔然⑤凝望。楼中纵观方怡，须臾，风涛崩怒，遂迷所往。

元和十三年，余闻之于朋中，因悉补其词，题之曰《湘中怨》，盖欲使南昭嗣《烟中》之志⑥，为偶倡也。

③ 帷褰：掀起帷帐。

④ 颦（pín）：皱眉的样子。

⑤ 翔然：高飞的样子。

⑥ 南昭嗣《烟中》之志：即南卓的传奇《烟中怨》。南卓，字昭嗣，唐宣宗拾遗，曾任洛阳令，黔南经略使。《烟中怨》的故事情节是，水仙仙女善写诗文，一日，她变成一位渔家姑娘，一书生和她唱和。水仙因爱其才，与他结为夫妇。七年后，水仙仙女忽然消失。两年之后，二人于大江烟波之中重逢。仙女告知真实身份以及思念之情，但随即又消失得无影无踪。

译文

《湘中怨》这个故事，本来就很奇异，具有魅惑力，做学问的人不曾记录过。然而，迷恋、沉溺于这个故事的人，往往又不能理解其真实的含义。现在，我要概括其内容，就是真实地记录罢了。学生韦敖，善于作曲填词，所以推而广之，会应其曲调把它唱出来。

垂拱年间，皇帝亲临上阳宫。大学进士郑生，早晨从铜驼里出发，趁着天空尚有残月，来到洛河桥之上。忽听得桥下有哭声，非常哀伤。于是，郑生下马，循着声音去寻找。只见一位美丽的女子，用衣袖遮着自己的脸说："我是个孤儿，由哥哥养大。嫂子很凶，常常虐待我，让我受苦。现在我要跳河，所以在这世间再停留一会儿，纾解心中的哀伤。"郑生说："你能遂了我的愿，嫁给我吗？"那女子答道："我一定不会后悔。"于是，郑生就与她住在一起，叫她"汜人"。她能背诵楚辞中的《九歌》《招魂》《九辩》等名篇，也时常模仿其调，写一些表达哀怨的词句。她写的诗词华美绝妙，世上没有人能比得上她。她写的《风光词》是："隆佳秀兮昭盛时，播薰绿兮淑华归。顾室荑与处萼兮，潜重房以饰姿。见稚态之韶羞兮，蒙长霭以为帏。醉融光兮渺弥，迷千里兮涵洄湄。晨陶陶兮暮熙熙。舞婑娜之秾条兮，骋盈盈以披迟。酡游颜兮倡蔓卉，縠流倩电兮石发髹旎。"郑生家贫，汜人曾经打开自己的箱子，拿出一种轻绸变卖，胡人给了千金。两个人一同住了几年，郑生要去长安游历。当天晚上，氾人对郑生说："我本是湘江中龙王的妾室，因错被贬，做了你的妻子。现在惩罚的期限已满，我不能再留在你家，就这样永别吧！"说完，二人相对而泣。郑生要留住她，却是不能，最后氾人离他而去。

十多年后，郑生的哥哥做岳州刺史。适逢上巳日，郑生便与家人同登岳阳楼，远望鄂州，大开宴席。玩得高兴的时候，郑生哀吟道："情无垠兮荡洋洋，怀佳期兮属三湘。"声音未落，就见一画舫从水面上飘荡而来。画舫中间有彩楼，高一百多尺，四周挂着帷帐，栏杆上装饰着彩画。掀起帷帐，里面有弹奏乐曲的人，都是神仙模样的女子，穿着云霓似的衣服，裙袖都是又宽又长。其中一人跳舞，满含愁怨，像是氾人的模样，边舞边唱："沂青山兮江之隅，拖湘波兮袅绿裾。荷拳拳兮未舒，匪同归兮将焉如？"跳完舞，她收紧衣袖，安详地凝望着郑生。这边刚刚被画舫之景所迷，片刻之间，便掀起狂风巨浪，画舫消失了。

元和十三年，我听朋友说起这事，所以把其中的诗词补充完整，题名叫《湘中怨》，大概是想与南昭嗣的《烟中怨》之意互为唱和。

秦梦记

沈亚之

原文

　　太和初，沈亚之将之邠，出长安城，客橐泉邸舍。春时，昼梦入秦。主内史廖家，内史廖举亚之。秦公召至殿，膝前席曰："寡人欲强国，愿知其方，先生何以教寡人？"亚之以昆、彭、齐桓对。公悦，遂试补中涓[①]，使佐西乞术伐河西[②]。亚之率将卒前，攻下五城。还报，公大悦，起劳曰："大夫良苦，休矣。"

　　居久之，公幼女弄玉婿萧史先死，公谓亚之曰："微大夫，晋五城非寡人有，甚德大夫。寡人有爱女，而欲与大夫备洒扫，可乎？"亚之少自立，雅不欲遇幸臣蓄之，固辞。不得请，拜左庶长，尚公主，赐金二百斤。民间犹谓"萧家公主"。其日有黄衣人中贵骑疾马

《秦梦记》是沈亚之所撰，作于太和初年，见于《沈下贤集》，宋李昉录于《太平广记》卷二百八十二梦七，改题为"沈亚之"，文字稍异。

①　补中涓：秦的官职名。

②　河西：晋国和秦国的交界地区。

来，迎亚之入，宫阙甚严。呼公主出，鬒发[3]，着偏袖衣，装不多饰。其芳姝明媚，笔不可模样。侍女祇承[4]，分立左右者数百人。召见亚之便馆，居亚之于宫，题其门曰"翠微宫"，宫人呼"沈郎院"。虽备位下大夫，緜[5]公主故，出入禁卫。公主喜凤箫，每吹箫，必于翠微宫高楼上，声调远逸，能悲人，闻者莫不自废。公主七月七日生，亚之尝无贶寿[6]。内史廖曾为秦以女乐遗西戎，戎主与廖水犀小合。亚之从廖得，以献公主，公主悦受，尝结裙带之上。穆公遇亚之，礼兼同列，恩赐相望于道。

复一年春，秦公之始平。公主忽无疾卒，公追伤不已。将葬咸阳原，公命亚之作挽歌，应教而作曰："泣葬一枝红，生同死不同。金钿坠芳草，香绣满春风。旧日闻箫处，高楼当月中。梨花寒食夜，深闭翠微宫。"进公。公读词，善之。时宫中有出声若不忍者，公随泣下。又使亚之作墓志铭，独忆其铭曰："白杨风哭兮石嵸髶莎，杂英满地兮春色烟和。珠愁粉瘦兮不生绮罗，深深埋玉兮其恨如何！"亚之亦送葬咸阳原。宫中十四人殉之。

③ 鬒（zhěn）发：乌黑浓密的头发。

④ 祇承：敬奉。

⑤ 緜：跟从，跟随。

⑥ 贶（kuàng）寿：赠献寿礼。

亚之以悼怅过戚⑦，被病，卧在翠微宫。然处殿外特室，不入宫中矣。居月余，病良已。公谓亚之曰："本以小女将托久要，不谓不得周奉君子，而先物故。敝秦区区小国，不足辱大夫。然寡人每见子，即不能不悲悼，大夫盍适大国乎？"亚之对曰："臣无状，肺腑公室，待罪右庶长，不能从死公主。君免罪戾，使得归骨父母国。臣不忘君恩，如今日。"将去，公追酒高会，声秦声，舞秦舞。舞者击髆附髀⑧呜呜，而音有不快，声甚怨。公执酒亚之前曰："寿。予顾此声少善，愿沈郎赓扬歌以塞别。"公命趣进笔砚。亚之受命，立为歌，辞曰："击髆舞，恨满烟光无处所。泪如雨，欲拟著词不成语。金凤衔红旧绣衣，几度宫中同看舞。人间春日正欢乐，日暮东归何处去？"歌卒，授舞者，杂其声而和之，四座皆泣。既，再拜辞去。

公复命至翠微宫，与公主侍人别。重入殿内，时见珠翠遗碎青阶下，窗纱檀点依然。宫人泣对亚之，亚之感咽良久。因题宫门，诗曰："君王多感放东归，从此秦宫不复期。春景自伤秦丧主，落花如雨泪燕脂。"竟别去。公命车驾送出函谷关。出关已，送吏曰："公命

⑦ 戚：忧愁，悲伤。

⑧ 击髆（bó）附髀（bì）：髆，古同"膊"，胳膊。附，通"拊"，拍打的意思。髀，大腿。

尽此，且去。"亚之与别。语未卒，忽惊觉，卧邸舍。

明日，亚之与友人崔九万具道。九万，博陵人，谙古，谓余曰："《皇览》⑨云：'秦穆公葬雍橐泉祈年宫下。'非其神灵凭乎？"亚之更求得秦时地志，说如九万云。呜呼！弄玉既仙矣，恶又死乎？

⑨《皇览》：魏文帝组织编写的一部类书，分门别类，共四十余部，八百余万字，供皇帝阅读，故称"皇览"。

译文

太和初年，沈亚之要去邠州，出了长安城，便住在橐泉的客栈里。春日里，沈亚之在大白天入了梦，在睡梦中来到了秦国。沈亚之客居在廖内史家，廖内史向秦穆公推荐了他。秦穆公把沈亚之召到大殿上，屈尊移步向前，说道："寡人想要使国家变得富强，希望知道其中的方法。先生可有什么能教给寡人的吗？"沈亚之便用昆吾、大彭以及齐桓公的故事作为回答。秦穆公很高兴，就让沈亚之经过考察后担任中涓一职，还派他辅佐西乞术讨伐河西。沈亚之率领将士，身先士卒，攻下五座城池，回来向秦穆公报告。秦穆公非常高兴，起身慰劳说："大夫辛苦，可以歇息了。"

就这样过了很长时间，秦穆公小女儿弄玉的丈夫萧史去世了。秦穆公对沈亚之说："如果没有大夫您，晋国的五座城池就不会归寡人所有了，非常感激大夫。寡人有个心爱的女儿，想让她成为您的妻子，侍候大夫，可以吗？"沈亚之年少时便能凭借自己的力量立身于世，素来不想成为皇帝宠幸的臣子，所以坚决推辞了。但是秦穆公不同意，还任命他为左庶长，让他娶了弄玉公主为妻，赐金二百斤。不过，民间还是称弄玉为"萧家公主"。结婚当天，宫中有权势的宦官骑着快马前来，迎接沈亚之入宫。宫阙十分庄严。在呼唤声中，公主走出宫殿，秀发漆黑，身穿偏袖衣，没有过多的装饰。她那绝美的容颜与身姿，用笔墨无法形容。分立两旁、听候差遣的侍女，有数百人。秦穆公在便殿召见沈亚之，让他在宫里居住，把他住的宫殿命名为"翠微宫"，宫中的人都称为"沈郎院"。沈亚之虽然位在下大夫之列，但由于弄玉，他出入都有士兵保护。公主喜欢凤箫，每次吹箫，一定要在翠微宫的高楼之上，箫声悠远飘逸，使人生悲，听到箫声的人都沉迷其中。公主在七月初七出生，她过生日时，沈亚之没有合适的寿礼，不知如何是好。恰好赶上廖内史为秦国去西戎赠送女乐，西戎王回赠给廖内史一个水犀小盒。沈亚之从廖内史那里得到了这个小盒，把它献给了公主。公主高兴地接受了，把它系在了裙带之上。秦穆公对待沈亚之，礼遇与同等官员一样，恩赐奖赏接连不断。

第二年春，秦穆公前往始平郡，弄玉公主忽然无疾而亡。秦穆公追

念伤心不已。公主将被葬在咸阳城外的高地上。秦穆公命亚之作挽歌。沈亚之应命写下："泣葬一枝红，生同死不同。金钿坠芳草，香绣满春风。旧日闻箫处，高楼当月中。梨花寒食夜，深闭翠微宫。"沈亚之写完，进献给秦穆公。秦穆公读了诗，觉得写得非常好。当时宫中有人听到这首诗，忍不住失声痛哭，秦穆公也随之掉下了眼泪。随后，秦穆公又命沈亚之作墓志铭，只记得其中的铭文有："白杨风哭兮石鬓髯莎，杂英满地兮春色烟和。珠愁粉瘦兮不生绮罗，深深埋玉兮其恨如何！"沈亚之又送葬到咸阳原上。秦宫中有十四个侍女为公主殉葬。

沈亚之因过于哀伤，卧病于翠微宫。但他只是住在殿外的房间，不再进入殿内。过了一个多月，沈亚之的病终于好了。秦穆公对沈亚之说："本来想把小女托付于你相伴终生，没想到她不能始终侍奉君子，先你而去。我们秦国只是区区小国，不值得让大夫屈尊在这里。而且寡人每次见到先生，都不能不引起悲悼之情。大夫何不到别的大国去呢？"沈亚之回答说："臣无德无能，作为大王的心腹之臣，授右庶长之职，却不能追随逝去的公主。承蒙您免除了我的罪过，使我能够重归故土，臣向头顶的太阳发誓，永远不会忘记您的恩德。"沈亚之即将离开的时候，秦穆公设酒宴为他饯行，唱着秦歌，跳着秦舞。舞者拍击肩膀和大腿，发出呜呜的声音，有哀有怨。秦穆公手执酒杯，来到沈亚之的面前，说："祝你长寿。我听这歌声不太好，希望沈郎再续作一曲，作为酬别。"秦穆公命人送上笔砚。沈亚之奉命，当即作了一首歌，其辞是："击髀舞，恨满烟光无处所。泪如雨，欲拟著词不成语。金凤衔红旧绣衣，几度宫中同看舞。人间春日正欢乐，日暮东归何处去？"写完，沈亚之交给舞者，加入舞者的歌声里，唱和这首歌。满座宾客都流下了眼泪。酒宴结束，沈亚之向秦穆公行两次拜礼告辞。

秦穆公又命令沈亚之去翠微宫，跟公主的侍从告别。沈亚之再次进入翠微宫，只见珠翠的碎片遗落在青石阶下，窗纱上点点胭脂印迹依然如故。宫人看见沈亚之，都流下了眼泪，他也感伤了许久。沈亚之在宫门上题诗一首："君王多感放东归，从此秦宫不复期。春景自伤秦丧主，落花如雨泪燕脂。"沈亚之终于辞别而去。秦穆公命车驾把他送出函谷关。出关之后，送行的官员说："秦公的命令就到此为止了，快走吧！"沈亚之跟他们道别。话还没说完，沈亚之忽然从睡梦中惊醒，发现自己还躺在客栈里。

第二天，沈亚之对朋友崔九万详细地述说了梦中发生的事。崔九万是博陵人，熟悉历史。他对我说："《皇览》中记载：'秦穆公葬在雍橐泉祈年宫下。'莫非是他的神灵显现了吗？"沈亚之又找到了秦时的地理志，上面的说法跟崔九万说的一样。唉，弄玉既然成了仙，怎么又会死了呢？

杜子春

牛僧孺

原文

杜子春者，周、隋间人，少落魄[1]，不事家产。然以心气闲纵，嗜酒邪游[2]，资产荡尽，投于亲故，皆以不事事故见弃。方冬，衣破腹空，徒行长安中。日晚未食，彷徨不知所往，于东市西门，饥寒之色可掬，仰天长吁。有一老人策杖于前，问曰："君子何叹？"子春言其心，且愤其亲戚疏薄也，感激之气，发于颜色。老人曰："几缗[3]则丰用？"子春曰："三五万则可以活矣。"老人曰："未也，更言之。""十万。"曰："未也。"乃言："百万。"亦曰："未也。"曰："三百万。"乃曰："可矣。"于是袖出一缗，曰："给子今夕，明日午时，俟子于西市波斯邸，慎

《杜子春》出自牛僧孺撰《玄怪录》，宋李昉录于《太平广记》卷十六神仙十六。

[1] 落魄：同"落拓"，放荡不羁。

[2] 邪游：不正当的游乐。

[3] 缗（mín）：成串的铜钱，每串一千文。

无后期。"及时，子春往，老人果与钱三百万，不告姓名而去。

子春既富，荡心复炽。自以为终身不复羁旅也。乘肥衣轻，会酒徒，征丝竹歌舞于倡楼，不复以治生为意。一二年间，稍稍而尽。衣服车马，易贵从贱，去马而驴，去驴而徒，倏忽如初。既而复无计，自叹于市门，发声而老人到，握其手曰："君复如此，奇哉。吾将复济子，几缗方可？"子春惭，不对。老人因逼之，子春愧谢而已。老人曰："明日午时，来前期处。"子春忍愧而往，得钱一千万。未受之初，愤发，以为从此谋身治生，石季伦、猗顿小竖耳。钱既入手，心又翻然，纵适之情，又却如故。不三四年间，贫过旧日。复遇老人于故处，子春不胜其愧，掩面而走。老人牵裾止之，曰："嗟乎！拙谋也。"因与三千万，曰："此而不痊，则子贫在膏肓矣。"子春曰："吾落魄邪游，生涯罄尽。亲戚豪族，无相顾者，独此叟三给我，我何以当之？"因谓老人曰："吾得此，人间之事可以立，孤孀可以足衣食，于名教复圆矣。感叟深惠，立事之后，唯叟所使。"老人曰："吾心也。子治生毕，来岁中元，见我于老君双桧下。"子春以孤孀多寓淮南，遂转资扬州，买良田百顷，郭中起甲第，要路置邸百余间，悉召孤孀，分居第中。婚嫁甥侄，迁祔旅榇④。恩者煦之，仇者复之。

既毕事，及期而往。老人者方啸于二桧之阴。遂与登华山云台峰。入四十里余，见一居处，室屋严洁，非常人居。彩云遥覆，鸾鹤飞翔。其上有正堂，中有药炉，高九尺余，紫焰光发，灼焕窗户。玉女九人，环炉而立。青龙白虎，分据前后。其时日将暮，老人者不复俗衣，乃黄冠绛帔士也。持白石⑤三丸、酒一卮遗子春，令速食之讫。取一虎皮，铺于内西壁，东向而坐，戒曰："慎勿语，虽尊神、恶鬼、夜叉、猛兽、地狱，及君之亲属为所囚缚，万苦皆非真实，但当不动不语耳。安心莫惧，终无所苦。当一心念吾所言。"言讫而去。

子春视庭，唯一巨瓮，满中贮水而已。道士适去，而旌旗戈甲，千乘万骑，遍满崖谷，呵叱之声，震动天地。有一人称大将军，身长丈余，人马皆着金甲，光芒射人。亲卫数百人，皆拔剑张弓，直入堂前，呵曰："汝是何人，敢不避大将军！"左右竦剑而前，逼问姓

④迁祔（fù）旅榇（chèn）：祔，合葬之意。榇，棺材之意。迁祔旅榇，意为迁坟合葬。

⑤白石：传说中神仙的食物。

名，又问作何物，皆不对。问者大怒，催斩，争射之，声如雷，竟不应。将军者拗怒而去。俄而，猛虎、毒龙、狻猊、狮子、腹蝎万计，哮吼拏攫⑥而争前欲搏噬，或跳过其上，子春神色不动。有顷而散。既而大雨滂澍，雷电晦暝，火轮走其左右，电光掣其前后，目不得开。须臾，庭际水深丈余，流电吼雷，势若山川开破，不可制止。瞬息之间，波及坐下。子春端坐不顾，未顷而散。

将军者复来，引牛头狱卒、奇貌鬼神，将大镬汤而置子春前，长枪刃叉，四面周匝，传命曰："肯言姓名即放，不肯言，即当心叉取置之镬中。"又不应。因执其妻来，捽⑦于阶下，指曰："言姓名免之。"又不应。乃鞭捶流血，或射或斫，或煮或烧，苦不可忍。其妻号哭曰："诚为陋拙，有辱君子。然幸得执巾栉⑧，奉事十余年矣。今为尊鬼所执，不胜其苦。不敢望君匍匐拜乞，但得公一言，即全性命矣。人谁无情，君乃忍惜一言。"雨泪庭中，且咒且骂，子春终不顾。将军且曰："吾不能毒汝妻耶！"令取锉碓⑨，从脚寸寸锉之。妻叫哭愈急，竟不顾之。

⑥ 拏攫：搏斗之意。

⑦ 捽（zuó）：揪持头发。

⑧ 巾栉：毛巾和梳子，泛指盥洗用具。持巾栉指侍奉丈夫。

⑨ 锉碓：斩断肢体的刑具。

将军曰："此贼妖术已成，不可使久在世间。"敕左右斩之。斩讫，魂魄被领见阎罗王。王曰："此乃云台峰妖民乎？"促付狱中。于是镕铜、铁杖、碓捣、硙磨⑩、火坑、镬汤、刀山、剑林之苦，无不备尝。然心念道士之言，亦似可忍，竟不呻吟。狱卒告受罪毕，王曰："此人阴贼，不合得作男，宜令作女人。"配生宋州单父县丞王劝家，生而多病，针灸医药之苦，略无停日。亦尝坠火堕床，痛苦不济，终不失声。俄而长大，容色绝代，而口无声，其家目为哑女，亲戚相狎，侮之万端，终不能对。同乡有进士卢珪者，闻其容而慕之，因媒氏求焉。其家以哑辞之，卢曰："苟为妻而贤，何用言矣，亦足以戒长舌之妇。"乃许之。卢生备礼，亲迎为妻。数年，恩情甚笃，生一男，仅二岁，聪慧无敌。卢抱儿与之言，不应。多方引之，终无辞。卢大怒曰："昔贾大夫之妻⑪鄙其夫，才不笑尔。然观其射雉，尚释其憾。今吾陋不及贾，而文艺非徒射雉也，而竟不言。大丈夫为妻所鄙，安用其子！"乃持两足，以头扑于石上，应手而碎，血溅数步。子春爱生于心，忽忘其约，不觉失声云："噫！"

⑩ 硙磨：放在磨子里研磨。传说是阴间的一种酷刑。

⑪ 贾大夫之妻：贾大夫，字南屏，春秋时贾国上大夫。《左传·昭公二十八年》记载："昔贾大夫恶，娶妻而美，三年不言不笑。御以如皋，射雉，获之。其妻始笑而言。贾大夫曰：'才之不可以已。我不能射，女遂不言不笑。'"

噫声未息，身坐故处，道士者亦在其前，初五更矣。见其紫焰穿屋上，大火起四合，屋室俱焚。道士叹曰："错大误余乃如是！"因提其髻，投水瓮中，未顷火息。道士前曰："出。吾子之心，喜、怒、哀、惧、恶、欲，皆能忘也。所未臻者，爱而已。向使子无噫声，吾之药成，子亦上仙矣。嗟乎，仙才之难得也！吾药可重炼，而子之身犹为世界所容矣。勉之哉。"遥指路使归。子春强登基观焉，其炉已坏，中有铁柱，大如臂，长数尺，道士脱衣，以刀子削之。

子春既归，愧其恩，誓复自效，以谢其过。行至云台峰，无人迹，叹恨而归。

译文

杜子春，是周、隋时期的人，年少，穷困潦倒，不懂得从事家中的产业。但是，他心中向往悠闲的、不受拘束的生活，整天喝酒玩乐，将家中资产挥霍殆尽后，投奔亲朋故旧，却因无所事事而被弃。时值冬日，杜子春衣衫破烂，腹内空空，独行于长安街头。天色已晚，可是他还没有吃饭，到处徘徊，不知何往，于东市西门，饥寒交迫，只好仰天长叹。这时候，有一位老人拄着拐杖，来到他的面前，问道："先生你为什么叹气？"杜子春把真实的遭遇说了出来，十分怨恨亲戚对他的疏远淡薄，其愤慨之色流露于言语之中。老人说："你需要多少钱？"杜子春说："三五万就可以生活了。"老人说："不够，多说一些。""十万。"老人说："不够。"杜子春又说："一百万。"老人还是回答："不够。"杜子春最后说："三百万。"老人这才说："可以了。"老人从袖子里掏出一串钱，说："今天晚上给你这么多，明日午时，我在西市的波斯府宅等你，千万别迟了。"等到第二日午时，杜子春来到西市的波斯府宅，老人果然给了他三百万钱，没有告诉他姓名就走了。

杜子春又富有了，放浪恣纵之心重新点燃，认为一生不会再漂泊流浪了。自此，他骑着肥壮的骏马，穿着轻暖的皮裘，与酒友相会，在妓院里花天酒地，不再把生计放在心上。一两年间，他就把那些钱花光了。衣服从贵的换成便宜的，肥马换成瘦驴，瘦驴变为徒步，转眼间，他又回到了没钱时的那副模样。不久，杜子春无计可施，在街市门前叹起气来，刚一叹气，那位老人又出现在他的面前，握着他的手说："你这么奇怪，又弄成这样？我还要再帮助你，需要多少钱？"杜子春感到惭愧而不回答。老人逼问他，杜子春只是感到惭愧，表示感谢。老人说："明天午时，你还是来之前我约你的地方。"第二天，杜子春忍着羞耻之心又去了，得到一千万钱。还没拿到钱时，杜子春决心从此努力谋求生计，让石崇、猗顿这些古时的大富豪也无法与他相比。后来钱到了手，杜子春的心意又变了，又开始放纵恣意之情，回到了过去。不到三四年，杜子春变得比以前还要穷困。但他又在老地方遇见了那位老人，不禁羞愧地掩面而走。老人一把抓住他的衣服，说："唉，逃避是最拙劣的办法。"老人又给了他三千万钱，说："这次给你钱，你要是还不改过，就无可救药地受穷吧！"杜子春说："我穷困潦倒，不务正业，赖以维持生活的产业挥霍殆尽，亲戚豪族没有照顾我的，只有您这位老人多次给我钱财，我用什么能抵得上这些呢？"他又对老人说："我得到这些钱，可以在这世间做一番事业，可以使孤儿寡母丰衣足食，可以重新挽回我的名声，我非常感谢您老人家的恩惠。我成就一番事业之后，任凭你老人家驱使。"老人说："这正是我心中所想。你事业有成之后，在次年中元节时，于老君庙前那两棵桧树下来见我。"因为孤儿寡母大多寓居淮南，杜子春就转来了扬州。在这里，他买了良田百顷，在城中盖了府宅，在重要的道路旁边盖了一百多间房子，把孤儿寡母全部召集过来，让他们分住在各个府宅里，资助他们的婚嫁、子女、迁坟合葬等诸多事宜。然后，对自己有恩的去报恩，有仇的去报仇。

等所有事情处理完毕，杜子春按照约定日期来到了老君庙，那位老人正在那两棵桧树下长啸。于是，杜子春与老人一起登上华山云台峰。

　　进山四十多里后，只见有一居处，房间整肃洁净，不是凡人所住，彩云缭绕，鸾与鹤绕屋飞翔。房间有正堂，正堂中间有一个药炉，九尺多高，发出紫色的光芒，照亮了门窗。另有九个玉女，围绕着药炉侍立。青龙、白虎分别盘踞在药炉的前后。太阳将要落下，那位老人不再穿着人世间的衣服，而成了一位戴着黄冠、披着红帔的神仙。他拿着三个白石丸、一杯酒，递给了杜子春，让他赶快吃完。后来，他又取了一张虎皮铺在屋内的西墙下，面向东方坐下，告诫杜子春："千万不要说话，即使你面前出现了尊神、恶鬼、夜叉、猛兽、地狱，以及你亲属被囚禁捆绑的景象。你看到的万千苦难都不是真实的，只要你不要动、不要说话，就可以了。安下心来，不要害怕，最终不会让你痛苦。你一定要想着我说的这些话！"说完，神仙道士就离开了。

　　杜子春看看庭院，只有一个巨瓮，装满了水。神仙道士刚刚离开，杜子春就看见满山谷的旌旗、铁甲，千乘万骑向他呼啸而来，呐喊呵斥之声，惊天动地。有一人自称大将军，身高一丈多，人和马都披着金甲，光芒逼人。其亲兵有数百人，都是剑拔弩张，一直来到堂前，大声呵斥："你是什么人，怎么不回避大将军？"将军左右拔剑向前，逼问杜子春的姓名，还问他要做什么，他都不回答。逼问的士兵大怒，催促着要斩了他，争着抢着要射死他，如雷声般怒吼，杜子春仍然不回应。大将军只好压下怒气离开了。过了不久，又有数以万计的猛虎、毒龙、狮子，呼啸怒吼，相互搏斗，争着扑向杜子春，要吞噬他，有的还跳到他的身上。但杜子春丝毫不为所动。过了一会儿，这些毒蛇猛兽就都散去了。突然大雨滂沱，雷电交加，天色昏暗如黑夜，火轮在他的左右来回滚动，电光在他的身前身后疾速飞行，让人眼睛都不得睁开。不过片刻，院子里的水就有一丈多深，电光流动，雷声隆隆，那气势如同山崩地裂，势不可当。顷刻间洪水就喷涌到杜子春的座前。杜子春仍然端坐而不顾左右，过了一会儿，风雨雷电就消失了。

然后那位大将军又来了，这回带着地狱中的牛头马面、狰狞的厉鬼，将一口装满热水的大锅放在杜子春的面前。那些牛鬼蛇神则手执长矛、铁叉，从四面对着杜子春，传达命令道："说出你的姓名就放了你，如果不肯说，就把你的心用铁叉叉出来，放在大锅里煮！"杜子春还是不说话。于是，这些恶鬼把他的妻子抓来，揪住她的头发，把她扔在台阶下，指着他的妻子对杜子春说："说出你的姓名就放了她。"杜子春还是不作声。于是，恶鬼们鞭打他的妻子一直到流血，有的用刀砍她，有的用箭射她，一会儿又烧她，一会儿又煮她，所受的苦楚是常人不可忍受的。杜子春的妻子哭号道："我实在是鄙陋笨拙，有辱君子。但是我有幸成为你的妻子，侍奉你十余年。现在我被恶鬼抓来，无法忍受这种折磨和痛苦。我不敢奢望你向他们跪拜求情，只希望你能说一句，那我就能保全性命了。人谁能无情，你就忍心不发一言？"他的妻子泪洒庭院，边咒边骂，杜子春最终还是没有理睬。那位大将军也说："难道我就不能伤害你的妻子吗？"说着，他命令小鬼们取来锉碓，对杜子春的妻子从脚上开始一寸一寸地锉。妻子的哭喊声越来越急，可杜子春还是不看她。

大将军说："此贼妖术已练成，不能再让他活在世上！"于是，他命令左右把杜子春斩杀。斩完之后，他的魂魄被领去见了阎王。阎王说："这不是云台峰的那个妖民吗？"于是，立刻把他送入地狱。镕铜、铁杖、碓捣、硙磨、火坑、镬汤、刀山、剑林等酷刑，杜子春都尝遍了，但他心里一直念着那位神仙的话，似乎也可以忍受，竟然也没有呻吟一声。之后，狱卒向阎王报告说所有的刑罚都已施遍。阎王说："此人阴险毒恶，不应该让他当男人，应该让他做女人！"于是，让他投胎转世到宋州单父县县丞王劝的家中。在这里，杜子春生来就多病，针灸、吃药一天没有停过，也曾掉进火里，摔到床下，痛苦不堪，但始终不发出声音。转眼间，杜子春就长大了，容貌绝代，但就是不说话。家人认为她是哑女，亲戚戏弄她，对她百般侮辱，但杜子春还是不说话。同乡有个进士叫卢珪，听说杜子春容貌极美，对她很是仰慕，因此让媒人提亲。县丞家因为杜子春是哑女而把媒人推辞。卢生说："妻子只要贤惠就好，不用说话，也给那些多嘴多舌的妇人做个借鉴。"于是，县丞答应了这桩婚事。卢生按照规矩备了礼，亲迎杜子春为自己的妻子。两个人一起过了数年，感情非常好，生了一个男孩儿，只有两岁，十分聪明，无人匹敌。卢生抱着孩子与杜子春说话，她不答应。卢生想尽办法逗引她，她还是不说话。卢生大怒道："春秋时贾国大夫的妻子因他丑陋瞧不起他，始终不笑，然而，当他的妻子看见这位大夫射中了山鸡，才了却这种遗憾。现在我鄙陋，不如贾国的大夫，但我的才学不只是能射中山鸡，可是你还不跟我说话。大丈夫被妻子鄙视，还要儿子做什么？"说着，他抓起孩子的两只脚，把孩子的头撞到石头上，孩子顿时脑浆迸裂，鲜血四溅。杜子春爱子心切，刹那间忘了与神仙的约定，不觉失声喊道："哎呀！"

声还未落，杜子春便发现他自己还坐在云台峰的那间道观中，那个神仙道士也在他的面前，已经是五更时分了。只见紫色的火焰蹿上了屋顶，四面的火焰团团围住，屋子全部烧毁。道士叹道："你这个穷酸小子，可把我耽误了！"说完，他提着杜子春的发髻就扔进了水瓮中。火顷刻间就熄灭了。道士上前说："出来。在你的心里，喜、怒、哀、惧、恶、欲都能忘掉。忘不掉的，只有爱罢了。假若摔你的孩子时，你没有发出声音，那么我的仙丹就能炼成，你也就能成为上仙了。可叹啊，仙才真是太难得了！我的仙丹可以重新炼就，但是你的肉身，还得回到人世间去。继续努力吧！"然后，道士给他指了指远方的路，让他回家。杜子春尽全力登上高台，向下看去，那炼丹炉已坏，中间有个铁柱，有手臂那么粗，有数尺长。神仙道士脱了衣服，正在用刀子削那根铁柱。

杜子春回到家，对神仙道士的恩德感到非常惭愧，决心再次回去，找到神仙道士为他效力，以表歉意。杜子春来到云台峰，却发现杳无人迹，只能十分悔恨地回了家。

顾总

牛僧孺

原文

梁天监元年，武昌小吏顾总，性昏戆[1]，不任事。数为县令鞭朴[2]，尝郁郁怀愤，因逃墟墓之间，彷徨惆怅，不知所适。忽有二黄衣，见顾总曰："刘君，颇忆畴昔周旋否？"总惊曰："弊宗顾氏，先未曾面清颜，何有周旋[3]之问？"二人曰："仆二人，王粲、徐幹[4]也。足下生前是刘桢，为坤明侍中，以纳赂金，谪为小吏，公今当不知矣。然公言辞历历，犹有记室音旨。"因出袖中五轴书示总曰："此君集也，当谛视之。"总试省览，乃了然明悟，便觉藻思泉涌。

其集人多有本，惟卒后数篇，记得一章诗，题目曰《从驾游幽丽宫，却忆平生西园文会，因寄修文府正郎

《顾总》出自牛僧孺撰《玄怪录》，宋李昉录于《太平广记》卷三百二十七鬼十二。

① 昏戆（hūn gàng）：愚鲁而刚直。

② 鞭朴：亦写作"鞭扑"。鞭，官刑。扑，教刑。鞭扑指用鞭子责打的刑罚。

③ 周旋：本为古代行礼时进退揖让的动作，这里引申为应酬、交际。

④ 王粲、徐幹：两人与刘桢皆为东汉末年文学的代表人物，"建安七子"之一。

蔡伯喈》，诗曰："在汉绝纲纪，溟渎多腾湍。煌煌魏英祖，拯溺静波澜。天纪已垂定，邦人亦保完。大开相公府，掇拾尽幽兰。始从众君子，日侍贤王欢。文皇在春宫，蒸孝逾问安。监抚多余闲，园囿恣游观。末臣戴簪笔，翊圣从和鸾。月出行殿凉，珍木清露溥。天文信辉丽，铿锵振琅玕。被命仰为和，顾征成所难。弱质不自持，危脆朽萎残。岂意十余年，陵寝梧楸寒。今朝坤明国，再顾簪蝉冠。侍游于离宫，高蹑浮云端。却忆西园时，生死暂悲酸。君昔汉公卿，未央冠群贤。倘若念平生，览此同怆然。"其余七篇，传者失本。

王粲谓总曰："吾本短小，无何取乐进女，似其父，短小尤甚。自别君后，改娶刘荆州⑤女。寻生一子，荆州与字翁奴，今年十八，长七尺三寸，所恨未得参丈人也。当渠⑥年十一，与余同览镜，余谓之曰：'汝首魁梧于余。'渠立应余曰：'防风骨节专车⑦，当不如白起⑧头小而锐。'余又谓曰：'汝长大当为将。'又应余曰：'仲尼三尺童子，羞言霸道。况某承大人严训，敢措意于相斫刺乎？'余知其了了过人矣。不知足下生来有郎娘否？"

⑤ 刘荆州：即刘表，东汉末年宗室，名士，汉末群雄之一。

⑥ 渠：方言，代词他的意思。

⑦ 防风骨节专车：《国语·鲁语下》："既彻俎而宴，客执骨而问曰：'敢问骨何为大？'仲尼曰：'丘闻之：昔禹致群神于会稽之山，防风氏后至，禹杀而戮之，其骨节专车。此为大矣。'"防风氏是古代传说中的巨人族，有三丈三尺高，汪姓的先祖。传说禹在会稽山召群神集会，防风氏迟到，被禹处死，其骨极大，一节骨即需一专车来运。后常以防风巨骨比咏巨物。

⑧ 白起：战国时秦国的名将，事昭王，被封为武安君。在长平之战中坑杀赵国降卒四十万，后被免官赐死。

良久沉思，稍如相识，因曰："二君子既是总友人，何计可脱小吏之厄？"徐幹曰："君但执前集诉于县宰，则脱矣。"总又问："坤明是何国？"幹曰："魏开国邺地也。公昔为开国侍中，何遽忘也？公在坤明国家累悉无恙，贤小娘子娇羞娘，有一篇奉忆，昨者已诵似丈人矣。诗曰：'忆爷爷⑨，抛女不归家。不作侍中为小吏。就他辛苦弃荣华，愿爷相念早相见，与儿买李市甘瓜。'"诵讫，总不觉涕泪交下。因为一章，寄《娇羞娘》云："忆儿貌，念儿心，望儿不见泪沾襟。时殊世异难相见，弃谢此生当访寻。"

既而王粲、徐幹与总殷勤叙别。乃携《刘桢集》五卷，见县宰，并具陈见王粲、徐幹之状，仍说前生是刘桢。县宰因见桢卒后诗，大惊曰："不可使刘公干为小吏。"即解遣，以宾礼待之。后不知总所在，集亦寻失矣。时人勖⑩子弟皆曰："死刘桢犹庇得生顾总，可不进修哉！"

⑨ 爷爷：这里指父亲。

⑩ 勖（xù）：勉励之意。

译文

南朝梁武帝天监元年，顾总是武昌县的小吏，性格愚鲁刚直，不能担当大事，多次遭到县令的鞭打。有一次，他心怀怨愤，忧伤苦闷，就逃到了荒凉的坟地间，来回徘徊。悲愁失意间，他不知道要去哪里。忽然出现了两个黄衣男子，他们看见顾总，说："刘君，你还略微记得过去我们之间的交往应酬吗？"顾总吃惊地说："在下姓顾，之前从未见过两位，又怎么会有交往应酬呢？"那二人说道："我们二人是王粲和徐幹。您前世是刘桢，为坤明侍中，因为收受贿赂，被贬为小吏，您如今应该不记得了。然而，您的话语清清楚楚地在我们的耳边，我们还有您当初在朝廷做记室时的言辞呢！"他们从袖中取出五轴书给顾总看，并且说道："这是您的文集，您应当仔细看看。"顾总姑且拿过来一观，便清楚地领悟到了什么，觉得文思泉涌。

刘桢的文集，后人大多都有抄本。他死后又传出几篇，记得其中有一首诗，题目是《从驾游幽丽宫，却忆平生西园文会，因寄修文府正郎蔡伯喈》，诗文如下："在汉绝纲纪，溟渎多腾湍。煌煌魏英祖，拯溺静波澜。天纪已垂定，邦人亦保完。大开相公府，掇拾尽幽兰。始从众君子，日侍贤王欢。文皇在春宫，蒸孝逾问安。监抚多余闲，园圃恣游观。末臣戴簪笔，翊圣从和鸾。月出行殿凉，珍木清露溥。天文信辉丽，铿锵振琅玕。被命仰为和，顾征成所难。弱质不自持，危脆朽萎残。岂意十余年，陵寝梧楸寒。今朝坤明国，再顾簪蝉冠。侍游于离宫，高蹑浮云端。却忆西园时，生死暂悲酸。君昔汉公卿，未央冠群贤。倘若念平生，览此同怆然。"另外还有七篇，传抄的人丢失了底本。

王粲对顾总说："我本来就生得矮，后来又娶了乐进的女儿，乐进的女儿随她的父亲，更矮。自从与你一别，我又改娶了刘荆州的女儿。不久，我们生了一个儿子，刘荆州给孩子取名字翁奴。他今年十八岁，身高七尺三寸，遗憾的是还没有参拜过你。他十一岁的时候，和我一同照镜子，我对他说：'你的头比我的大。'他立刻回答说：'防风氏的头骼大得要独据一辆车，比不上白起头颅小而精明。'我又对他说：'你长大以后，应该是将军。'他再次回答说：'孔子门下三尺高的童子，都羞于谈霸者之道。更何况我承蒙大人的严格教诲，又怎敢把心思放在砍杀之事上呢？'我因此知道他聪明慧黠，异于常人。不知道阁下这辈子有儿女吗？"

顾总看着二人，沉思了好久，觉得似曾相识，便说道："二位君子既然是我的朋友，有什么办法能让我摆脱这做小吏的困境？"徐幹回答说："您只要拿着前世写的那些文集，告诉县宰你是三国时的刘桢，就可以解脱困境。"顾总又问："坤明是什么国？"徐幹回答："就是魏开国时的邺地，先生你以前是开国侍中，怎么能忘了呢？您在坤明国的家属都安然无恙，你的小女儿娇羞娘，写了一篇诗赋来追忆，之前就能像你一样吟诵了。诗是这样的：'忆爷爷，抛女不归家。不作侍中为小吏。就他辛苦弃荣华，愿爷相念早相见，与儿买李市甘瓜。'"一首诗吟诵完，顾总不知不觉涕泗横流。他又写了一首诗《寄娇羞娘》："忆儿貌，念儿心，望儿不见泪沾襟。时殊世异难相见，弃谢此生当访寻。"

不久，王粲、徐幹和顾总就殷勤地话别了。三人告别之后，顾总带着五卷《刘桢集》，拜见县宰，详细地叙说了与王粲、徐幹相见时的情况，还说自己前生是刘桢。县宰看了刘桢死后的诗，大惊道："不能让刘公干（刘桢的字）只做个小吏！"他随即解除了顾总小吏的差事，将他当作贵宾来礼遇。后来，顾总不知所终，他的集子也失传了。当时的人勉励自家子弟时，都会说："死去的刘桢犹能庇护活着的顾总，你怎能不上进修习？"

刘讽

牛僧孺

原文

文明年^①，竟陵^②掾^③刘讽，夜投夷陵^④空馆，月明下憩。忽有一女郎自西轩至，仪质温丽，缓歌闲步，徐徐至中轩，回命青衣曰："紫绥，取西堂花茵^⑤来，兼屈刘家六姨姨、十四舅母、南邻翘翘小娘子，并将溢奴来，传语道此间好风月，足得游乐。弹琴咏诗，大是好事。虽有竟陵判司，此人已睡明月下，不足回避也。"

未几^⑥而三女郎至，携一孩儿，色皆绝国。于是紫绥铺花茵于庭中，揖让班坐。坐中设犀角酒樽，象牙杓，绿罂^⑦花觯^⑧，白琉璃盏，醥醨馨香，远闻空际。女郎谈谑歌咏，音词清婉。

一女郎为明府^⑨，一女郎为录事^⑩。明府女郎举觞

《刘讽》出自牛僧孺撰《玄怪录》，宋李昉录于《太平广记》卷三百二十九鬼十四。

① 文明年：唐睿宗文明年号（684），只行七个月。

② 竟陵：县名，今湖北天门市。

③ 掾（yuàn）：原为佐助的意思，后为副官佐或官署属员的通称。

④ 夷陵：县名，今湖北宜昌市，在竟陵以西。

⑤ 茵：铺垫的东西，如垫子、褥子、毯子等。

浇酒曰："愿三姨婆寿等祇果山，六姨姨与三姨婆寿等。刘姨夫得太山府君纠判官，翘翘小娘子嫁得诸余国太子，溢奴便作诸余国宰相。某三四女伴，总嫁得地府司文舍人，不然，嫁得平等王⑪郎君六郎子、七郎子，则平生素望足矣。"一时皆笑曰："须与蔡家娘子赏口。"翘翘时为录事，独下一筹，罚蔡家娘子曰："刘姨夫才貌温茂，何故不与他五道主使⑫，空称纠判官？怕六姨姨不欢，深吃一盏。"蔡家娘子即持杯曰："诚知被罚，直缘刘姨夫年老眼暗，恐看五道黄纸文书不得，误大神伯公事。饮亦何伤。"于是众女郎皆笑倒。又一女郎起传口令，仍抽一翠簪，急说，须传翠簪，翠簪过，令不通即罚。令曰："鸾脑老，头脑好，好头脑，鸾脑老。"传说数巡，因令紫绶下坐，使说令。紫绶素吃讷⑬，令至，但称"鸾鸾"。女郎皆笑，曰："昔贺若弼弄长孙鸾侍郎，以其年老口吃，又无发，故造此令。"

三更后，皆弹琴击筑，齐唱迭和。歌曰："明月清风，良宵会同。星河易翻，欢娱不终。绿樽翠杓，为君斟酌。今夕不饮，何时欢乐？"又歌曰："杨柳杨柳，

⑥ 未几：不一会儿，不久。

⑦ 罽（jì）：羊毛织物。

⑧ 觯（zhì）：古代盛酒的器物。

⑨ 明府：监令之人。

⑩ 录事：宴饮时执掌酒令的人。

⑪ 平等王：民间神话人物，九殿阎王平等王，司掌大海之底，西南方沃燋石下的阿鼻大地狱。

⑫ 五道主使：传为东岳大帝手下属神和重要助手，掌管世人生死、荣禄，是阴间的大神，地位比阎罗王前的判官都高，具有监督阎王、判官，或纠正其不公行为的权力。

⑬ 吃讷：说话迟钝且结巴。

袅袅随风急。西楼美人春梦中，翠帘斜卷千条入。"又歌曰："玉户金缸，顾陪君王。邯郸宫中，金石丝簧。卫女秦娥，左右成行。纨缟缤纷，翠眉红妆。王欢转盼，为王歌舞。愿得君欢，常无灾苦。"

歌竟，已是四更。即有一黄衫人，头有角，仪貌甚伟，走入拜曰："婆提王屈娘子，使请娘子速来！"女郎等皆起而受命，却传曰："不知王见召，适相与望月至此。既蒙王呼唤，敢不奔赴。"因命青衣收拾盘筵。讽因大声嚏咳，视庭中无复一物。明旦，谛视之，拾得翠钗数个。将出示人，更不知是何物也。

唐睿宗文明年间，竟陵有个掾吏叫刘讽。有一次夜间，他投宿在夷陵一家无人的馆舍，月至中天之时，他便休息了。忽然，一个女郎从西轩走来，姿容风度温婉典雅，轻轻哼着歌，闲庭信步，慢慢地行至中轩，回身命令婢女："紫绥，把西堂的花垫子取来，同时委屈刘家的六姨姨、十四舅母、南邻家的翘翘小娘子带着溢奴前来，传话说此处风景极好，正适合游玩。弹琴咏诗，大是好事。虽然有个竟陵的判司在这儿，但此人已在月至中天时睡下，不用回避他。"没过一会儿，三位女郎款款到来，还带着一个小孩子，都是倾城之貌。紫绥将花垫子铺在庭院当中，众女郎彼此作揖，依次而坐。座席当中陈设着犀牛角的酒樽、象牙的酒杓、绿色毛毡和花纹酒觯、白色的琉璃盏，那甜酒发出的芬芳之气，散发到遥远的天际。几个女郎谈笑风生，吟咏歌唱，声音清亮婉转。

后来，几个女郎行起酒令。其中一个女郎为明府，一个女郎为录事。明府女郎举起酒杯，浇于地下说："愿三姨婆寿比祇果山，六姨姨与三姨婆一样长命百岁。刘姨夫能当上泰山府的纠判官，翘翘小娘子能够嫁给诸余国的太子，溢奴便做诸余国的宰相。我等这三四个女人，总会嫁给地府的司文舍人！要不然，嫁给平等王家的男子，六郎子、七郎子也好，这辈子也就得偿所愿了！"一时之间，众人都笑起来，说道："须和蔡家娘子共饮一口。"翘翘当时是录事，独下一筹，惩罚那位蔡家娘子，说："刘姨夫才貌双全，温和友善，为何不让他当五道将军，白白给他一个纠判官的头衔？怕是刘姨姨要不高兴了，深饮一杯。"蔡家娘子立即举起酒杯说："就知道会被罚酒，只是因为刘姨夫年老眼花，恐怕他看不清五道的黄纸文书，耽误了大神伯的公事。喝一杯无妨。"众女郎都笑得倒地不起。这时，又一女郎站起身来，口传酒令。她抽出一支翠簪，说酒令之时要快速说话，同时要求传递翠簪，翠簪传过之时，如果酒令说得慢或说错，就要被罚酒。女郎发令道："鸢脑老，头脑好，好头脑，鸢脑老。"众女郎传说了好几轮，又令那个叫

紫绥的婢女坐到下首，让她也说酒令。紫绥向来口吃，酒令传到她的时候，她结结巴巴地说"鸾……鸾……"。众女郎皆开怀大笑，说："从前，隋朝的贺若弼戏弄侍郎长孙鸾，因为他年老口吃，又没有头发，才编出了这个绕口令。"

三更过后，众女郎有的弹琴，有的击筑，互相唱和。只听她们唱道："明月清风，良宵会同。星河易翻，欢娱不终。绿樽翠杓，为君斟酌。今夕不饮，何时欢乐？"歌声一转，又唱道："杨柳杨柳，袅袅随风急。西楼美人春梦中，翠帘斜卷千条入。"歌声再转，又唱道："玉户金缸，顾陪君王。邯郸宫中，金石丝簧。卫女秦娥，左右成行。纨缟缤纷，翠眉红妆。王欢转盼，为王歌舞。愿得君欢，常无灾苦。"

众女唱完歌，已经是四更。这时，有一黄衫人，头上有角，仪态相貌甚是伟岸，走入庭院中，行拜礼道："婆提王屈娘子派人来请众位娘子，请速去相见。"众女郎都站起身来接受命令，又传话说："不知道大王会召见，刚才才会一同到此赏月。如今既然承蒙大王召唤，我们怎敢不速速前去？"她们命婢女收拾杯盘残席。正在这时，刘讽大声地咳嗽起来，再看庭院之中，空无一物。第二天清晨，刘讽又仔细地查看了一番，拾到了好几支翠钗。他将这些翠钗拿给别人看，可是，谁都说不出到底是何物。

古元之

牛僧孺

《古元之》出自牛僧孺撰《玄怪录》，宋李昉录于《太平广记》卷三百八丁三再生九，文字有异。

原文

古元之，不知何许人也。尝暴疾，尸卧数日，家以为死，已而醒，却生矣。元之云：当昏醉时，忽如有人沃冷水于体中。仰见一衣冠，绛裳霓帔，仪容甚伟，顾元之曰："吾乃古弼也，是汝远祖。适欲至和神国中，无人担囊侍从，故来取汝。"即令负一大囊，可重一钧[①]。又与一竹杖，长丈二余。令元之乘骑随后，飞举甚速，常在半天。西南行，不知里数，山河愈远，欻然[②]下地，已至和神国。

其国无大山，高者不过数十丈，山皆积碧珉[③]，石际生青彩簵篠[④]。异花珍果，软草香媚，好禽嘲哳。山顶皆正平如砥，清泉迸下者二三百道。原野无凡树，悉

① 钧：古代重量单位，合三十斤。

② 欻然：忽然。

③ 珉：像玉的石头。

④ 簵（lù）篠（xiǎo）：簵，同"簬"，可以制作箭杆的竹子。篠，小竹，细竹。

生百果及相思、楠榴之辈。每果树花卉俱发，实色鲜红，映翠叶于香丛之下，纷错满树，四时不改。唯一岁一度，暗换花实叶等，更生新嫩，人不知觉。田畴尽长大瓠，瓠中实皆五谷，甘香珍美，非中国稻粱所拟。人得足食，不假耕种。原隰滋茂，莸秽不生。一年一度，出彩丝树，枝干悉缠绕五色丝纩⑤，人得随色收取，任意织纴，异锦纤罗，不假蚕杼。四时之气，常熙熙和淑，如中国二三月。无蚊、虻、蟆、蚁、虱、蜂、蝎、蛇虺⑥、守宫、蜈蚣、蛛、蠓之虫，又无鸥枭、鸦、鹞、鸲鹆⑦、蝙蝠之禽，又无虎、狼、豺、豹、狐狸、蟇驳⑧之兽，又无猫、鼠、猪、犬扰害之类。其人长短妍蚩皆等，无有嗜欲爱憎之志。

人生二男二女，为邻则世世为婚姻。笄年而嫁，二十而娶。人寿百二十，中无夭折、疾病、瘖聋、跛躄之患。百岁已下，皆自记忆；百岁已外，皆不知其寿几何。至寿尽，则欻然失其所在，虽亲戚子孙，皆忘其人，故常无忧戚。每日午时一食，中间惟食酒浆果实耳。餐亦不知所化，不置溷所⑨。人无私积囷仓，余粮栖亩，要者取之。无灌园鬻蔬，野菜皆足人食。十亩有

⑤ 丝纩：丝和丝绵。

⑥ 蛇虺：泛指蛇类。

⑦ 鸲鹆（qú yù）：俗称八哥。

⑧ 蟇驳：传说中一种似马而能吃虎豹的猛兽。

⑨ 溷所：厕所。

一酒泉，味甘而香。国人日相携游览歌咏，陶陶然，暮夜而散，未尝昏醉。人人有婢仆，皆自然谨慎，知人所要，不烦役使。随意屋室，靡不壮丽。

其国六畜唯有马，驯极而骏，不用刍秣，自食野草，不近积聚。人要乘则乘，乘讫而却放，亦无主守。其国千官皆足，而仕宦不自知其身之在仕，杂于下人，以无职事操断也。虽有君主，而君不自知为君，杂于千官，以无职事升贬也。又无迅雷风雨，其风常微轻如煦，袭万物不至木有鸣条。其雨十日一降，降必以夜，津润调畅，不至地有淹流。一国之人，皆自相亲，有如戚属，人各相惠多与，无市易商贩之辈，以不求利故也。

古弼既到其国，顾谓元之曰："此和神国也，虽非神仙，风俗不恶。汝回，当为世人言之。吾既至此，回即别求人负囊，不用汝矣。"因以酒饮元之。元之饮满数巡，不觉沉醉冥然。既而复醒，身已活矣。自是元之疏逸人事，无宦情之意，游行山水，自号知和子。竟不知其终也。

译义

古元之，不知道是哪里人。有一次，他突然间发病，病情来势凶猛。他躺在床上，一动不动，过了好几天，家里人都以为他死了。可是，后来他醒过来，又活了过来。古元之对家人说，他病中昏迷之时，忽然间好像有人在他的身体上浇了一盆冷水。抬头一看，只见一神人，红衣霞帔，魁梧英俊，看着古元之说："我是古弼，是你的高祖。刚才想去和神国，却没有人帮我背负行囊，随侍左右，所以过来让你随我同去。"说完，他就令古元之背负一个大行囊。那大行囊有一钧重。他又给古元之一根竹杖，长二丈多。古弼让元之骑着马跟随其后，他则乘风而行，非常快，经常在半空之中等候。二人一同向西南方向而行，不知行了多少里，山河渐远。忽然之间，古弼下落到地面，已经到了和神国。

和神国没有大的山脉，最高的山峰也不过数十丈高，山上都是如碧玉般的美石，美石的缝隙中生长着绿色的竹子。山间四处是奇花异果，松软的草地散发出柔媚的香气，鸟儿发出啾啾的叫声。山顶如同磨刀石一般平坦，其中喷出的泉水就有二三百道。平原旷野中没有普通的树，都是一些珍贵的百果树、相思树以及枝干纠结盘绕的树木。每棵树都是既开花又结果，果实的颜色鲜红，掩映在绿叶香丛之下，一树缤纷，四季不变。只是一年一次，默默地变换花、叶和果实等，变得更加鲜嫩，人们没有察觉罢了。田地里种植的都是大的瓠瓜，瓠瓜中间的果实都是五谷，甘香珍美，是中原种植的稻米、高粱比不上的。这里的人们不用耕种就能吃饱。平原和湿地的植物生长繁茂，但不生野草。一年一次，这里的树木会长出彩丝，枝干上都缠绕着五色的丝棉，人们能够随意选择自己喜欢的颜色收取，不用借助桑蚕吐丝以及织布机，随心所欲地织布裁衣。这里四季的天气，常常是温和美好的，仿佛中原春天的二三月。这里没有蚊、虻、螟、蚁、虱、蜂、蝎、蛇、壁虎、蜈蚣、蜘蛛、蠓之类的昆虫；这里也没有鸱枭、鸦、鹞、鸲鹆、蝙蝠之类的禽鸟；这里更没有虎、狼、豺、豹、狐狸、蟇驳之类的野兽；这里还没有猫、鼠、猪、犬之类扰民的动物。这里的人高矮美丑都是一样的，他们没有嗜欲爱憎这样的情志。

这里每对夫妇生两个男孩儿、两个女孩儿。如果两户人家是邻居，他们将世代通婚。这里的女子到了及笄之年就会出嫁，男子到了二十岁就会娶新妇。人们的寿命都是一百二十岁，他们都不会受到夭折、疾病、聋哑、残废这样的痛苦。一百岁以下的人们都能记得自己的年龄，一百岁以上的都不知道自己的岁数。等到他们寿终正寝，就会忽然消失，即使是亲朋好友也会忘记此人，所以也就没有忧愁悲伤。这里的人们每天午时只吃一餐，中间只喝一点儿酒，吃一些果实而已。他们所吃的食物也不知道是什么变化而成的，这里也没有设置厕所。人们没有私下在粮仓囤积粮食，他们都将粮食存积于田亩之中，需要的人就自己去拿。这里也没有人们去浇灌菜园、贩卖蔬菜，因为野菜就足够人们享用了。这里，十亩就会有一个酒泉，味道甘甜而香醇。

和神国中的人们每天都会相约一起游玩歌咏，非常快乐，夜幕降临就会各自散去，从没有昏醉过。人人都有奴婢仆役，这些人都不会被勉强拘束，而且做事小心谨慎，知道主人要什么，对于主人的任何要求都没有厌烦的情绪。这里的人们随着自己的意愿居住，其宅院无不壮观。

和神国的六种家畜中只有马，驯服柔顺且高大，不用人去喂草料，自己会去吃野草，也不会聚在一起。人们如果需要骑马，那就去骑，骑完之后，又会把它放了，这些马也没有主人守着。和神国众多的官员都很心满意足，当官之人并不认为自己是个官员，而是与手下的人混在一处，与他们并无区别，只是凭借着他们是否有判案断狱的职责来判断。虽然这里有国君，但国君也并不认为自己是国君，而是混杂在众官员之中，与他们并无区别，只是凭借着他是否有对官员进行升、贬的职责来判断。这里没有迅雷，也没有疾风骤雨，刮的风常常是轻柔温和的，它吹拂着万物，连枝条都不会发出声响。这里的雨十天一降。如果下雨，一定会下一夜，浸润整个大地，使自然调和舒畅，不至于会有洪涝发生。和神

国的百姓都相亲相爱，人与人之间和谐有如亲戚朋友，互惠互利，没有商贾之人，这是和神国的人们都不求利益的原因。

古弼已经到了和神国，回头对古元之说："这里就是和神国，虽然不是神仙之境，但是这里的风俗很好。你回去之后，应当对世人言说。我已经来到这儿了，暂时还不想回去，如果我要回去，就会恳请别人帮我背负行囊，就不用你了。"说完，他就让古元之饮酒。古元之举杯喝了数巡，不知不觉就喝醉睡着了。过了不久，他苏醒过来，复活了。从此，古元之远离世事，淡泊超逸，更没有当官之意，四处游山玩水，自号"知和子"。最后，他竟然不知所终。

独孤穆

佚名

原文

　　贞元中，河南独孤穆者，客淮南。夜投大仪县宿。未至十里余，见一青衣乘马，颜色颇丽。穆微以词调之，青衣对答，甚有风格。俄有车辂[1]北下，导者引之而去。穆遽[2]谓曰："向者粗承颜色，谓可以终接周旋，何乃顿相舍乎？"青衣笑曰："愧耻之意，诚亦不足。但娘子少年独居，性甚严整，难以相许耳。"穆因问娘子姓氏及中外亲族。青衣曰："姓杨，第六。"不答其他。

　　既而不觉行数里，俄至一处，门馆甚肃。青衣下马入，久之乃出，延客就馆，曰："自绝宾客，已数年矣。娘子以上客至，无所为辞，勿嫌疏陋也。"于是秉

《独孤穆》，宋李昉录于《太平广记》卷三百四十二鬼二十七。

[1] 车辂：车辆。

[2] 遽：急，仓促。

烛陈榻，衾褥毕具。有顷，青衣出，谓穆曰："君非隋将独孤盛[③]之后乎？"穆乃自陈，是盛八代孙。青衣曰："果如是，娘子与郎君乃有旧。"穆询其故，青衣曰："某贱人也，不知其由，娘子即当自出申达。"须臾设食，水陆毕备。食讫，青衣数十人前导，曰："县主[④]至。"见一女，年可十三四，姿色绝代。拜跪讫，就坐，谓穆曰："庄居寂寞，久绝宾客，不意君子惠顾。然而与君有旧，不敢使婢仆言之，幸勿为笑。"穆曰："羁旅之人，馆谷是惠，岂意特赐相见，兼许叙故。且穆平生未离京洛，是以江淮亲故，多不识之，幸尽言也。"县主曰："欲自陈叙，窃恐惊动长者。妾离人间，已二百年矣，君亦何从而识？"初穆闻其姓杨，自称县主，意已疑之，及闻此言，乃知是鬼，亦无所惧。县主曰："以君独孤将军之贵裔，世禀忠烈，故欲奉托，勿以幽冥见疑。"穆曰："穆之先祖，为隋室将军。县主必以穆忝有祖风，欲相顾托，乃平生之乐闻也，有何疑焉？"县主曰："欲自宣洩，实增悲感。妾父齐王，隋帝第二子。隋室倾覆，妾之君父，同时遇害。大臣宿将，无不从逆。唯君先将军，力拒逆党。妾

③ 独孤盛：隋朝将领，独孤楷的弟弟，兄弟本姓李，后随主君独孤信姓独孤。谥号武节。

④ 县主：古时皇族女子的封号，位次于郡主。

时年幼，常在左右，具见始末。及乱兵入宫，贼党有欲相逼者，妾因辱骂之，遂为所害。"因悲不自胜。穆因问其当时人物及大业末事，大约多同《隋史》。

久之，命酒对饮，言多悲咽。为诗以赠穆曰："江都昔丧乱，阙下多构兵。豺虎恣吞噬，干戈日纵横。逆徒自外至，半夜开重城。膏血浸宫殿，刀枪倚簷楹。今知从逆者，乃是公与卿。白刃污黄屋，邦家遂因倾。疾风知劲草，世乱识忠诚。哀哀独孤公，临死乃结缨。天地既板荡，云雷时未亨。今者二百载，幽怀犹未平。山河风月古，陵寝露烟青。君子乘祖德，方垂忠烈名。华轩一会顾，土室以为荣。丈夫立志操，存没感其情。求义若可托，谁能抱幽贞？"穆深嗟叹，以为班婕妤[5]所不及也。因问其平生制作，对曰："妾本无才，但好读古集。常见谢家姊妹[6]及鲍氏诸女[7]皆善属文，私怀景慕。帝亦雅好文学，时时被命。当时薛道衡[8]名高海内，妾每见其文，心颇鄙之。向者情发于中，但直叙事耳，何足称赞？"穆曰："县主才自天授，乃邺中七子[9]之流，道衡安足比拟！"穆遂赋诗以答之，曰："皇天昔降祸，隋室若缀旒。患难在双阙，干戈连九州。出门皆

⑤ 班婕妤：汉成帝宫中女官，贤才通辩，为帝所幸。后赵飞燕得宠，被谮，退侍太后于长信宫，作赋自伤，词极哀楚。

⑥ 谢家姊妹：晋代谢道韫有诗名，多机巧。后世用"谢家姊妹"作为咏才女的典故。

⑦ 鲍氏诸女：指南朝女文学家鲍令晖，著名文学家鲍照之妹，出身贫寒，但能诗文。

⑧ 薛道衡：字玄卿，隋朝大臣、诗人。

⑨ 邺中七子：即建安七子。东汉建安中的孔融、陈琳、王粲、徐幹、阮瑀、应场、刘桢以文学齐名，同居邺中，故称。

凶竖，所向多逆谋。白日忽然暮，颓波不可收。望夷既结衅，宗社亦贻羞。温室兵始合，宫闱血已流。悯哉吹箫子，悲啼下凤楼。霜刃徒见逼，玉笄不可求。罗襦遗侍者，粉黛成仇雠。邦国已沦覆，余生誓不留。英英将军祖，独以社稷忧。丹血溅巇屼，丰肌染戈矛。今来见禾黍，尽日悲宗周。玉树深寂寞，泉台千万秋。感兹一顾重，愿以死节酬。幽显倘不昧，中焉契绸缪。"县主吟讽数四，悲不自堪者久之。

逡巡[10]，青衣数人皆持乐器出，有一人前白县主曰："言及旧事，但恐使人悲感，且独孤郎新至，岂可终夜啼泪相对乎？某请充使，召来家娘子相伴。"县主许之。既而谓穆曰："此大将军来护儿[11]歌人，亦当时遇害，近在于此。"俄顷即至，甚有姿色，善言笑。因作乐，纵饮甚欢。来氏歌数曲，穆惟记其一，曰："平阳县中树，久作广陵尘。不意阿郎至，黄泉重见春。"良久曰："妾与县主居此二百余年，岂期今日忽有佳礼。"县主曰："本以独孤公忠烈之家，愿一相见，欲豁幽愤耳。岂可以尘土之质，厚诬君子！"穆因吟县主诗落句云："求义若可托，谁能抱幽贞？"县主微笑

⑩ 逡巡：一会儿，顷刻之间。

⑪ 来护儿：字崇善，江都（今江苏扬州）人，隋朝名将，东汉中郎将来歙之后。

曰："亦大强记。"穆因以歌讽之曰："金闺久无主，罗袂坐生尘。愿作吹箫伴，同为骑凤人。"县主亦以歌答曰："朱轩下长路，青草启孤坟。犹胜阳台上，空看朝暮云。"来氏曰："曩日萧皇后[12]欲以县主配后兄子，正见江都之乱[13]，其事遂寝。独孤冠冕盛族，忠烈之家，今日相对，正为佳偶。"穆问县主所封何邑，县主云："儿以仁寿四年生于京师，时驾幸仁寿宫，因名寿儿。明年太子即位，封清河县主。上幸江都宫，徙封临淄县主。特为皇后所爱，常在宫内。"来曰："夜已深矣，独孤郎宜且成礼，某当奉候于东阁，伺晓拜贺。"于是群婢戏谑，皆若人间之仪。

既入卧内，但觉其气奄然[14]，其身颇冷。顷之，泣谓穆曰："殂谢之人，久为尘灰，幸将奉事巾栉，死且不朽。"于是复召来氏，欢宴如初。因问穆曰："承君今适江都，何日当回？有以奉托可乎？"穆曰："死且不顾，其它何有不可乎？"县主曰："帝既改葬，妾独居此。今为恶王墓所扰，欲聘妾为姬。妾以帝王之家，义不为凶鬼所辱。本愿相见，正为此耳。君将适江南，路出其墓下，以妾之故，必为其所困。道士王善交书符

[12] 萧皇后：隋炀帝皇后萧氏，南兰陵人。隋朝时期女性历史人物，梁武帝萧衍后代，西梁孝明帝萧岿之女。

[13] 江都之乱：隋禁军缢杀炀帝杨广的政变。大业十三年(617)，杨广三游江都（今江苏扬州）。时中原兵变四起，他无心北归，欲迁都丹阳（今江苏南京）。而随行卫士多关中人，思乡心切，多谋叛归。炀帝对率众西归关中者则追斩不赦，而逃亡者犹不能止。大业十四年三月，禁军虎贲郎将司马德勘、右屯卫将军宇文化及等见隋大势已去，遂利用军心，密谋缢杀了隋炀帝，又杀炀帝子孙及大臣多人。隋亡。史称"江都之变"。

[14] 奄然：气息微弱的样子。

于淮南市，能制鬼神，君若求之，即免矣。"又曰："妾居此亦终不安，君江南回日，能挈我俱去，葬我洛阳北坂上，得与君相近，永有依托，生成之惠也。"穆皆许诺，曰："迁葬之礼，乃穆家事矣。"酒酣，倚穆而歌曰："露草芊芊，颓茔未迁。自我居此，于今几年。与君先祖，畴昔恩波。死生契阔，忽此相过。谁谓佳期，寻当别离。俟君之北，携手同归。"因下泪沾巾。来氏亦泣，语穆曰："独孤郎勿负县主厚意。"穆因以歌答曰："伊彼维扬，在天一方。驱马悠悠，忽来异乡。情通幽显，获此相见。义感畴昔，言存缱绻。清江桂舟，可以遨游。惟子之故，不遑淹留。"县主泣谢穆曰："一辰佳贶，永以为好。"

须臾，天将明，县主涕泣，穆亦相对而泣。凡在坐者，穆皆与辞诀。既出门，回顾无所见，地平坦，亦无坟墓之象。穆意恍惚，良久乃定，因徙柳树一株以志之。家人索穆颇甚急。复数日，穆乃入淮南市，果遇王善交于市，遂获一符。既至恶王墓下，为旋风所扑三四。穆因出符示之，乃止。

先是穆颇不信鬼神之事，及县主言，无不明晓。穆乃深叹讶，亦私为所亲者言之。次年正月，自江南回，发其地数尺，得骸骨一具，以衣衾敛之。穆以其死时草草，葬必有阙，既至洛阳，大具威仪，亲为祝文以祭之，葬于安喜门外。其夜，独宿于村墅，县主复至，谓穆曰："迁神之德，万古不忘。幽滞之人，分不及此者久矣。幸君惠存旧好，使我永得安宅。道途之间，所不奉见者，以君见我腐秽，恐致嫌恶耳。"穆睹其车舆导从，悉光赫于当时。县主亦指之曰："皆君之赐也。岁至己卯，当遂相见。"其夕因宿穆所，至明乃去。穆既为数千里迁葬，复倡言其事，凡穆之故旧亲戚无不毕知。

贞元十五年，岁在己卯。穆晨起将出，忽见数卒至其家，谓穆曰："县主有命。"穆曰："相见之期至乎？"其夕暴亡，遂合葬于杨氏。

译文

贞元年间，河南的独孤穆外出到淮南。他夜间要投奔到大仪县留宿，走了没到十里路，就见到一个骑着马的青衣婢子，容貌很漂亮。独孤穆用诗词来与之调情，那女婢亦以诗词相答，颇具风流。不久，一辆大车即将北下，那女婢领着独孤穆上了车，要带他离开此地。独孤穆马上说道："刚刚还曲意逢迎，说是可以长久交好，彼此照顾，可为什么立刻就舍弃了我？"女婢笑着："我有惭愧羞耻之心，实在是不可以。只因我家主人年纪很小就独自居住，性格严肃、庄重。所以，我难以相许。"独孤穆问起女婢的主人姓甚名谁，以及亲戚都是何人等。青衣婢子只是说："她姓杨，排行第六。"她没有回答其他问题。

不知不觉，大车就行了数里之远，到达一个地方，大门、房舍都很

庄严肃穆。女婢下马走了进去，很久才出来，请独孤穆走入房舍，说：
"我家主人谢绝宾客来往，已经很多年了。这次我家主人因为有贵客到
来，没有再推辞谢绝的理由，还望您不要嫌弃我们的疏忽遗漏之处。"
她点亮灯烛，铺设床榻，准备好衾被枕褥。过了一会儿，女婢出来对独
孤穆说："您莫不是隋朝将军独孤盛的后人吗？"孤独穆回答说，自己
是独孤盛的八代孙。那女婢说："果然如同主人所说，我家娘子与郎君
旧日曾经相识。"独孤穆感到奇怪，询问其中的原因。女婢说："我只
是低贱之人，并不知道其中的缘故，我家娘子马上就会出来向你申说
的。"过了一会儿，便有人安排了丰富的吃食，海鲜、珍禽、奇兽，
应有尽有。独孤穆吃完了，几十个青衣女婢在前面指引，说："县主
到。"只见一名女子，年纪十三四岁，姿色绝代。独孤穆跪拜之后就
座。县主对他说："我独自住在这庄子里，孤单冷清，很长时间都谢绝
宾客往来，没想到您会来到这里。但是，我与独孤家是旧相识，不敢让
我的奴婢说起这件事，还望您不要笑话我。"独孤穆说："客居他乡之
人，县主给我住的地方和吃的食物，已经是恩惠了，岂能想到县主能够
特来相见，与我叙旧。况且我平生从未离开过京洛之地，所以江淮这里
的亲朋故旧，我大多都不认识，很荣幸县主您说这些。"县主说："我
想亲自陈说这些年都发生了什么，私下里又担心惊动长者。妾离开人世
已有二百年了，您又从何认识我？"刚开始的时候，独孤穆听说这位娘

子姓杨，又自称县主，就在怀疑她的身份，等到此时听到县主如此说，才知道她是鬼，也就不再害怕了。这时，县主又说："因为您是独孤将军的后世子孙，世代禀承忠烈之风，所以想要拜托您，不要因为我是女鬼而怀疑。"独孤穆说："我的先祖是隋朝的将军。县主一定认为我很荣幸地继承了祖风，所以有事托付，这是我平生最乐于听到的，又怎么会怀疑呢？"县主说："我想要对自己宣泄一番，但实在徒增悲感。我的父亲是齐王，隋朝皇帝的第二个儿子。隋朝覆灭之后，我的父亲同时遇害。大臣以及久经沙场的老将，无不参与叛乱，只有独孤将军一力拒绝逆党。我那时年幼，时常在父亲左右，所以叛乱的始末我都看在眼里。等到叛乱的部队闯入宫殿，那些贼人想要逼我就范，我辱骂了他们，因此为其所害。"说完，县主就悲伤得不能自已。随后，独孤穆又问了一些当时的人物以及大业末年发生的事情，县主的回答大都与《隋史》记载相同。

二人说了很久，后来又命人拿来酒，对饮起来，言语大多令人悲泣。县主作了一首诗赠给独孤穆："江都昔丧乱，阙下多构兵。豺虎恣吞噬，干戈日纵横。逆徒自外至，半夜开重城。膏血浸宫殿，刀枪倚簪楹。今知从逆者，乃是公与卿。白刃污黄屋，邦家遂因倾。疾风知劲草，世乱识忠诚。哀哀独孤公，临死乃结缨。天地既板荡，云雷时未亨。今者二百载，幽怀犹未平。山河风月古，陵寝露烟青。君子乘祖德，方垂忠烈名。华轩一会顾，土室以为荣。丈夫立志操，存没感其情。求义若可托，谁能抱幽贞？"独孤穆读过诗，为县主的此番经历深深地叹息，认为县主之才，连班婕妤都不及。因此，他问县主平生所创作的作品。县主回答说："妾本无才，但喜欢读一些古代文集。我经常看到谢家姐妹和鲍家女子都善于写文章，私下里心怀景仰之情。皇帝平素喜欢文学，臣下也时时受命作文。当时薛道衡名扬海内，我每次读他的文章，心中十分鄙视。从前的文人写文章是情发自内心，而薛道衡的文章则是平铺直叙罢了，何足为人所称赞？"独孤穆说："县主之才是天授，属于建安七子之类，薛道衡怎么能比得上？"说完，他也赋诗一首："皇天昔降祸，隋室若缀旒。患难在双阙，干戈连九州。出门皆凶竖，所向多逆谋。白日忽然暮，颓波不可收。望夷既结衅，宗社亦贻羞。温室兵始合，宫闱血已流。悯哉吹箫子，悲啼下凤楼。霜刃徒见逼，玉笄不可求。罗襦遗侍者，粉黛成仇雠。邦国已沦覆，余生誓不留。英英将军祖，独以社稷忧。丹血溅黼扆，丰肌染戈矛。今来见禾黍，尽日悲宗周。玉树深寂寞，泉台千万秋。感兹一顾重，愿以死节酬。幽显倘不昧，中焉契绸缪。"县主多次诵读，良久，悲伤得不能自已。

　　顷刻之间，数十个青衣婢女手持各种乐器出来，其中一人对县主说："谈到往事，担心会令人悲伤，况且独孤郎刚到此地，怎么可以终夜哀泣而相对呢？奴婢恳请充当使者，去请来家娘子陪伴您。"县主同意了。过了一会儿，她又对独孤穆说："这是大将军来护儿家的歌伎，也在当时遇害了，现在也在此地。"片刻，来家娘子便到了，非常漂亮，喜欢说说笑笑。她奏起音乐，三人欢笑，纵情欢乐。来氏唱了很多歌，独孤穆只记住其中一首："平阳县中树，久作广陵尘。不意阿郎至，黄泉重见春。"来氏唱完，过了好久才说："我与县主在此地居住二百余年，哪里想得到今日忽然会有贵礼送到？"县主听过之后，说："我本认为，独孤公乃忠烈之后，所以希望与之相见，想要排遣心中的忧愤之情。怎么能够以尘土之质，污染了君子之身？"独孤穆吟了两句县主的诗句："求义若可托，谁能抱幽贞？"县主微笑，说："公子好记性。"接着，独孤穆用一首诗来含蓄地表明："金闺久无主，罗袂坐生尘。愿作吹箫伴，同为骑凤人。"县主又用一诗来回答："朱轩下长路，青草启孤坟。犹胜阳台上，空看朝暮云。"来氏说："从前萧皇后想要把县主嫁给自己的侄子，正好赶上江都之乱，这件事情就搁置了。独孤公子身为仕宦，又是世家望族、忠烈之后，今日二人相对，正是佳偶天成。"独孤穆问县主所封何邑，县主回答说："我是仁寿四年在京师出生，当时皇上驾临仁寿宫，所以小名寿儿。第二年，太子即位，我就被封为清河县主。皇上驾临江都宫时，又被封为临淄县主。皇后厚爱，所以常在宫中。"来氏这时说："夜深了，县主与独孤郎君应该成礼，我自当在东阁恭候，等到天明时前来拜贺。"听后，其他婢女戏谑一番，就像在人世间一样。

两人走入卧房之内，只是觉得这里气息全无，县主的身体也是冰凉的。不久，县主哭着对独孤穆说："我是死去的人，久处于尘埃之中，现在有幸能够侍奉夫君，死了也不能忘记。"县主又把来氏召来，几人又如之前那样宴饮。之后，县主对独孤穆说："承蒙您今日来到江都。您何时回去，有事可以拜托您吗？"独孤穆说："我连死都不考虑，其他的事又有何不可？"县主说："皇帝迁葬于别处，我独自在此。现在被恶王的墓骚扰，那恶王想要聘我为姬。我以出生于帝王之家，在道义上必不能为凶鬼所辱。今天我愿意见您，正是为此。公子您要去江南，正路过此墓，因为我，公子您定会为此凶鬼所困。有个叫王善交的道士在淮南的集市上画鬼符，这鬼符能制鬼神，公子您如果能求到此符，就可免于为凶鬼所困。"她又说："我独自在此，终究不安，公子从江南回来之时，把我的骨灰带回，将我葬在洛阳北坂之上。这样，我就能够离公子很近，永有依托，这对我而言是大大的恩惠了。"独孤穆均应允了，并且说："县主的迁葬之礼，是我的家事。"三人继续宴饮，酒酣之时，县主倚着独孤穆唱道："露草芊芊，颓茔未迁。自我居此，于今几年。与君先祖，畴昔恩波。死生契阔，忽此相过。谁谓佳期，寻当别离。俟君之北，携手同归。"唱完，她泪洒衣巾。来氏也掉下泪来，对独孤穆说："独孤郎千万不要辜负县主的厚意。"独孤穆也以歌答道："伊彼维扬，在天一方。驱马悠悠，忽来异乡。情通幽显，获此相见。义感畴昔，言存缱绻。清江桂舟，可以遨游。惟子之故，不遑淹留。"县主随即哭泣道："相处一日之恩，希望永以为好。"

很快，天就亮了，独孤穆将要离开，县主又哭泣起来，独孤穆也与之相对而泣。凡是在座的，一一与独孤穆辞别。随后，独孤穆离去，走出门回过头再一看，什么都不见了，地面平坦，也没有任何坟墓的痕迹。独孤穆神思恍惚，良久才定下神来，后来又迁移了这里的一棵柳树来记录此事。独孤穆的家人一直在急切地寻找他，所以，独孤穆很快踏上了回乡之路。又过了几日，独孤穆来到淮南的集市上，果然遇到了王善交，得到了一个鬼符。后来，在回乡的路上，他果然碰到了恶王之墓，被其刮来的旋风攻击了几次。独孤穆拿出鬼符来，旋风马上停止了攻击。

当初独孤穆对鬼神之事颇为不信，等到遇见了县主，听了她的话，无不明白知晓。独孤穆深深惊叹，私下里把这件事告诉了所亲之人。第二年正月，独孤穆从江南回到县主所埋之地，挖其地数尺，找到了一具骸骨，用衣服装殓。独孤穆因为县主死时安葬潦草，一定会有所缺漏，到了洛阳以后，便对其进行安葬，大具威仪，亲自写好祭文来祭奠县主，把她安葬在安喜门外。这一天夜里，独孤穆独自宿在村墅。县主的魂灵再一次到来，对独孤穆说："公子把我迁于此安葬的功德，我万世不忘。我本为死去的人，很久没有遇到情分至此之人了。幸而遇见公子您，还记得故旧之情，使我能够在此安居。您带我来此的路途中，我没有再次出现，是因为担心公子看见我腐秽的样子，嫌恶罢了。"独孤穆看到县主所乘之车以及其前导，比当年还要光辉显赫。县主指着那车及其前导说："这都是公子您的恩赐。等到己卯年的时候，我们就能够相见了。"这天晚上，县主就住在独孤穆的居所，天亮之时才离去。独孤穆行数千里为县主迁葬，又把这件事宣扬出去，凡是独孤穆的故旧亲朋都知道了。

贞元十五年，正是己卯年，独孤穆清晨起来，将要外出，忽然看见几名差役来到他家，对他说："县主有令。"独孤穆说："我们相见的日期到了吧！"这一天晚上，独孤穆暴亡，后与县主杨氏合葬在一起。

申屠澄

薛渔思

原文

申屠澄者，贞元九年，自黄衣调补汉州什邡[①]尉。之官，至真符县[②]东十里许，遇风雪大寒，马不能进。路旁有茅舍，中有烟火，甚温煦，澄往就之。有老父妪及处女环火而坐，其女年方十四五，虽蓬发垢衣，而雪肤花脸，举止妍媚。父、妪见澄来，遽起曰："客冲雪寒甚，请前就火。"澄欣谢之。坐良久，天色已晚，风雪不止。澄曰："西去县尚远，请宿于此，可乎？"父、妪曰："苟不以蓬室为陋，敢不承命。"澄遂解鞍，施衾帱焉。其女见客方止，修容靓饰，自帷箔[③]间复出，而闲丽之态，尤过初时。

有顷，妪自外挈酒壶至，于火前煖饮，谓澄曰：

《申屠澄》出自薛渔思撰《河东记》，宋李昉录于《太平广记》卷四百二十九虎四。

① 汉州什邡：汉州，今四川省广汉市。唐置，时辖雒、什邡、德阳、绵竹、金堂等五县。

② 真符县：今属四川成都。

③ 帷箔：帷幕和帘子。借指内室。

"以君冒寒，且进一杯，以御凝冽。"澄起，因揖让曰："始自主人翁，即巡行，澄当婪尾④。"澄因曰："座上尚欠小娘子。"父、妪皆笑曰："田舍家所育，岂可备宾主？"女子即回眸斜睨曰："酒岂足贵，谓人不宜预饮也？"母即牵裙，使坐于侧。澄始欲探其所能，乃举令以观其意。

澄执盏曰："请征书语，意属目前事。"澄曰："厌厌夜饮，不醉无归。"女低鬟微笑曰："天色如此，归亦何往哉？"俄然巡至女，女复令曰："风雨如晦，鸡鸣不已。"澄愕然叹曰："小娘子明慧若此，某幸未昏，敢请自媒如何？"翁曰："某虽寒贱，亦尝娇保之。颇有过客以金帛为问，某先不忍别，未许。不期贵客又欲援拾⑤，岂敢惜？即以为托。"澄遂修子婿之礼，祛囊以遗之。

妪悉无所取，曰："但不弃寒贱，焉事资货？"明日，又谓澄曰："此孤远无邻，又复湫隘⑥，不足以久留。女既事人，便可行矣。"又一日，咨嗟而别。澄乃以所乘马载之而行。

既至官，俸禄甚薄，妻力以成其家，交结宾客，旬日之内，大获名誉，而夫妻情义益浃⑦。其于厚亲族，抚甥侄，洎僮仆厮养，无不欢心。后秩满将归，已生一男一女，亦甚明慧。澄尤加敬焉。尝作《赠内诗》一篇曰："一宦惭梅福，三年愧孟光。此情何所喻，川上有鸳鸯。"其妻终日吟讽，似默有和者，然未尝出口。每谓澄曰："为妇之道，不可不知书，倘更作诗，反似姬妾耳。"

澄罢官，即馨室归秦。过利州，至嘉陵江畔，临泉石藉草憩息。其妻忽怅然谓澄曰："前者见赠一篇，寻即有和。初不拟奉示，今遇此景物，不能终默之。"乃吟曰："琴瑟情虽重，山林志自深。常忧时节变，辜负百年心。"吟罢，潸然良久，若有慕焉。澄曰："诗则丽矣，然山林非弱质所思，倘忆贤尊，今则至矣，何用悲泣乎？人生因缘业相之事，何由可定？"后二十余日，复至妻本家，草舍依然，但不复有人矣。澄与其妻即止其舍，妻思慕之深，尽日涕泣。忽于壁角故衣之下，见一虎皮，尘埃积满。妻见之，忽大笑曰："不知此物尚在耶！"遂取披之，即变为虎，哮吼拏攫⑧，突门而去。澄惊走避之，携二子寻其路，望山林大哭数日，竟不知所之。

⑦浃：深入，融洽。

⑧拏攫（ná jué）：搏斗之意。

译文

申屠澄在贞元九年，调任到汉州什邡做县尉。上任途中，他在真符县东十里左右的地方遇到了大风雪。天寒地冻，马不能再向前行了。这时，路旁出现了一间茅舍，屋中有烟火，看起来很是温暖，申屠澄就走了进去。屋里有一对老夫妇，他们的女儿围坐于火炉旁，那女孩儿十四五岁，头发有些蓬乱，衣服也有一些脏乱，却丝毫掩饰不住她的雪肤花貌，其行为举止处处透露出可爱的样子。这对老夫妇见申屠澄进来，急忙站起身来说："客人顶风冒雪来到此地，外面天寒，请上前边来烤烤火。"申屠澄非常欣喜，并且感谢他们。他坐了很长时间，这时，天色已晚，但外面风雪仍然不止。申屠澄说："这里往西到县城还有很远的路程，请让我在此留宿一晚，可以吗？"这对老夫妇说："如果您不嫌弃此屋简陋，我们就冒昧地答应您的请求。"申屠澄解下马鞍，准备好寝具，铺好床褥。那女孩儿见来客留宿在此，便修饰好自己的仪表，让妆容艳丽，从内室再次走了出来，其娴雅美丽之态，比初见更甚。

过了一会儿，老妇人从外边拿着酒壶走进屋内，在火炉前暖好酒，对申屠澄说："公子您受了风寒，先喝一杯酒，暖暖身子，以抵御寒冷。"申屠澄连忙站起身来，作揖谦让说："那就从主人开始，轮流饮酒，我最后一个饮。"之后，他又说："座上还缺小娘子呢！"老夫妇都笑了，说："她只是个乡下人，岂能为公子陪酒，这会坏了宾主之仪！"那女孩儿听后，立即回眸道："酒又有何珍贵，只是不应该先喝罢了！"老妇人随即拉了一下女儿的裙子，让她坐在身边。申屠澄刚开始时想要试探那女孩儿，就行起酒令，观察她的心意。

申屠澄拿起酒杯说："请引用古籍中的语言，来表达眼前之事。"接着，他又说道："厌厌夜饮，不醉无归。"那女孩儿低着头，微笑着说："天色已晚，公子想回家，可又能去哪儿呢？"片刻就轮到女孩儿行令，女孩儿说："风雨如晦，鸡鸣不已。"申屠澄惊讶地叹道："小女子如此聪慧，幸亏我还未成婚，我现在冒昧地自请为媒，与你婚配如何？"这时，老翁说道："我虽然低微贫贱，但对这个女儿还是娇惯疼爱的。有很多往来于此的客人拿着金银财帛来求婚，我起初不忍与她分别，没有答应。今天没有料到贵客您也要求娶她，我岂敢再留她在家？这就把她托付于你。"申屠澄就按照女婿之礼，把行囊中的全部财物赠予这对老夫妇。

老妇人什么也没收，说："只要你不嫌我们家贫寒卑微就可以了，又怎能要您的财物？"第二天，老夫妇对申屠澄说："此地孤远，又没有邻村，居处又低矮狭小，不可以久留。我们的女儿既然已经嫁给了你，你们这就离开吧！"又过了一日，一家人才叹息着告别。申屠澄让自己的马载着妻子一同上路了。

上任后，申屠澄俸禄微薄，妻子尽全力来经营家业，交结宾客。很短的时间之内，申屠澄便获得了名声，夫妻的感情更加和睦。申屠澄的妻子在上厚待亲戚，照顾外甥子侄，在下对待仆人、杂役和蔼可亲，从上到下无不欢心。其后，申屠澄任期已满，将要回家之时，他们已经有了一儿一女，非常聪慧。申屠澄更加敬重妻子，写了一首《赠内诗》："一宦惭梅福，三年愧孟光。此情何所喻，川上有鸳鸯。"他的妻子也是终日吟诵，似乎私下里也应和了一首，却从不曾说出口。她经常对申屠澄说："作为妻子，不能不熟读诗书，懂得道理，但倘若还要作诗，便反倒像是侍妾了。"

申屠澄被免除官职之后，全家回到秦地。过了利州，来到嘉陵江畔，就在山水之间，在草地上小憩。妻子忽然有些失意地对申屠澄说："之前你赠我一首诗，我很快就应和了一首。起初不打算给你看，如今此情此景，我终究是不能沉默了。"她吟唱道："琴瑟情虽重，山林志自深。常忧时节变，辜负百年心。"吟诵完，她潸然泪下，似乎有所思慕。申屠澄说："诗境很美，但山林之意并不是你要表达的，如果你思念你的父母，我们现在去看他们就行了，为什么流泪呢？人生的因缘，

恶缘也好，善缘也好，又有什么是能确定下来的呢？"二十多天后，他们又回到了妻子的娘家，茅舍依然，但已无人居住。申屠澄和妻子就住在这草屋里，妻子非常想念她的父母，整天哭泣。一日，她忽然在墙角的旧衣服里发现了一张虎皮，积满了灰尘。妻子看见这张虎皮，忽然大笑说："没想到这东西还在！"她披上这张虎皮，随即变成了一只老虎，咆哮怒吼着，冲出门去。申屠澄受惊躲了起来。后来，他带着两个孩子，寻找妻子远去的道路，却茫然无措。他望着山林，大哭了数日，竟然不知道她去了哪里。

原文

唐汴州①西有板桥店，店娃三娘子者，不知何从来。寡居，年三十余，无男女，亦无亲属。有舍数间，以鬻餐为业。然而家甚富贵，多有驴畜。往来公私车乘，有不逮者，辄贱其估以济之。人皆谓之有道，故远近行旅多归之。

元和中，许州客赵季和将诣②东都，过是宿焉。客有先至者六七人，皆据便榻。季和后至，最得深处一榻。榻邻比主人房壁。既而三娘子供给诸客甚厚，夜深致酒，与诸客会饮极欢。季和素不饮酒，亦预言笑。至二更许，诸客醉倦，各就寝。三娘子归室，闭关息烛。人皆熟睡，独季和转展不寐。隔壁闻三娘子悉窣，若动

《板桥三娘子》出自薛渔思撰《河东记》，宋李昉录于《太平广记》卷二百八十六幻术三。

① 汴州：古代一般指开封。

② 诣：到，特指到尊长那里去。

物之声。偶于隙中窥之，即见三娘子向覆器下取烛，挑明之。后于巾厢中，取一副耒耜，并一木牛，一木偶人，各大六七寸，置于灶前，含水噀③之。二物便行走，小人则牵牛驾耒耜，遂耕床前一席地，来去数出。又于厢中，取出一裹荞麦子，受于小人种之。须臾生，花发麦熟。令小人收割持践，可得七八升。又安置小磨子，硙④成面。讫，却收木人子于厢中，即取面作烧饼数枚。有顷鸡鸣，诸客欲发。三娘子先起点灯，置新作烧饼于食床上，与客点心。季和心动，遽辞，开门而去，即潜于户外窥之。乃见诸客围床食烧饼，未尽，忽一时踣地，作驴鸣，须臾皆变驴矣。三娘子尽驱入店后，而尽没其货财。季和亦不告于人，私有慕其术者。

后月余日，季和自东都回，将至板桥店。预作荞麦烧饼，大小如前所见。既至，复寓宿焉。三娘子欢悦如初。其夕更无他客，主人供待愈厚。夜深，殷勤问所欲，季和曰："明晨发，请随事点心。"三娘子曰："此事无疑，但请稳睡。"半夜后，季和窥之，一依前所为。天明，三娘子具盘食果，置烧饼数枚于盘中，讫，更取他物。季和乘间走下，以先有者易其一枚，彼

③噀（xùn）：含在口中而喷出。

④硙：磨。

不知觉也。季和将发，就食，谓三娘子曰："适会某自有烧饼，请撤去主人者，留待他宾。"即取己者食之。方食次，三娘子送茶出来。季和曰："请主人尝客一片烧饼。"乃拣所易者与噉⑤之。才入口，三娘子据地作驴声，即立变为驴，甚壮健。季和即乘之发，兼尽收木人、木牛子等。然不得其术，试之不成。季和乘策所变驴，周游他处，未尝阻失，日行百里。

后四年，乘入关，至华岳庙东五六里，路傍忽见一老人，拍手大笑曰："板桥三娘子，何得作此形骸？"因捉驴，谓季和曰："彼虽有过，然遭君亦甚矣。可怜许，请从此放之。"老人乃从驴口鼻边，以两手擘开，三娘子自皮中跳出，宛复旧身。向老人拜讫，走去，更不知所之。

⑤ 噉：同"啖"，吃的意思。

译文

　　唐朝的时候，在汴州的西边有个板桥店，店里有个女老板叫三娘子，不知道是从何处而来，寡居，三十多岁，无儿无女，也没有什么亲戚。她有房舍数间，以卖粥饭为业。她的家却很富有，养了很多头驴。往来路过此地的公私车辆，有来不及赶回家的，三娘子总是降低价钱来招待这些人。人们都赞她经营有道，所以远近的行旅之人都到这里来投宿。

元和年间，有位从许州来的客人叫赵季和，将要去东都洛阳，路过此地来投宿。他到来之前，有六七个客人先到了，占据了方便一些的床位。赵季和是后面来的，只得到了最里面的床位。这个床位紧挨着主人三娘子房间的墙壁。不久，三娘子给客人提供了丰盛的酒宴，已到深夜，还在向客人敬酒，与他们开怀畅饮，极为欢乐。赵季和向来不饮酒，但也参与了他们的谈笑。到了二更天，客人们都喝醉困倦了，各自睡下。三娘子也回到房间，关上门，吹灭了蜡烛。人们都进入了梦乡，只有赵季和辗转难眠，忽然听见隔壁房间窸窸窣窣，好像是挪东西的声音。赵季和透过缝隙去窥视，只见三娘子从遮盖的碗下拿出蜡烛，挑亮，又从箱子里拿出一副耒耜、一个木牛、一个木人，各有六七寸大。三娘子把它们放在灶前，含了一口水，喷向它们。木人和木牛随即动了起来，木人牵着牛，驾着耒耜，在三娘子床前的一席之地耕种起来，来来回回很多次。三娘子又从箱中拿出一袋荞麦种子，交给小木人，让它耕种。过了一会儿，便见荞麦种子发出芽来，紧接着就开了花，结了果实。三娘子又令木人去收割，得了七八升的荞麦。之后，她又安上一个小石磨，把荞麦磨成面粉。做完这一切，三娘子把木头人收回箱中，随即用那面粉做了一些烧饼。不久，鸡鸣天亮，客人将要起身出发了。三娘子先起来，点上灯烛，把新做好的烧饼放在食桌上，端给客人作为点心。赵季和心中不安，马上推辞，开门离去，却没有走远，而是躲在窗外偷偷地观察屋内的动静。只见那几个客人围在食桌前，吃着烧饼，还没吃光，就忽然都跌倒在地上，发出了驴叫声，一会儿就变成了驴。三娘子把它们全部赶到板桥店的后面，侵占了他们所有的财物。赵季和看到后，没有把这件事告诉别人，只是暗地里钦慕这种法术。

一个多月之后，赵季和从东都洛阳返回，将要到达板桥店的时候，预先准备好一些荞麦烧饼，大小和之前三娘子所做的一样，这才来到店中，要在这里投宿。三娘子还是像之前那样高兴。这天晚上，板桥店没有其他的客人，所以三娘子更加厚待赵季和。夜深了，三娘子还在殷勤地问赵季和还想要点儿什么。赵季和回答说："我明早就走，请随便准备些点心即可。"三娘子说："没问题，您请安睡吧！"等到了半夜，赵季和又偷看三娘子的所作所为，三娘子还是像上次一样。天亮之后，三娘子端来食盘，盘中摆放着几个烧饼。三娘子把食盘放下，又去取其他吃食。赵季和趁三娘子不在，拿出早已准备好的烧饼，换下了一个，而三娘子没有察觉。赵季和将要出发的时候，拿起烧饼要吃，这时，他对三娘子说："正好我自己也有烧饼，那就麻烦三娘子撤下你端来的这些，把它们留着招待其他客人吧！"他随即拿出自己准备的烧饼吃了起

来。刚要吃第二个，三娘子送来了一杯茶。赵季和说："请主人尝尝我做的烧饼吧！"于是，他拿出刚刚偷换下来的三娘子自己做的烧饼给她吃。三娘子刚吃了一口，便以手着地，发出了驴叫的声音，变成了一头很健壮的驴。然后，赵季和就骑着这头驴出发上路了，同时不忘把木人、木牛都收了起来。然而，赵季和没能学会三娘子的法术，试了几次都以失败告终。后来，赵季和就骑着这头驴，周游四方，从不迷路或受到阻碍，并且日行百里。

四年之后，赵季和骑驴入了关，行到华岳庙以东五六里的时候，路旁出现一位老人，拍着手大笑道："板桥三娘子，怎么变成了这副模样？"说完，老人捉住驴，对赵季和说："她虽然有过错，但是碰到你，你又如此待她，比她还过分。可怜可怜她，就在这里放了她吧！"说完，他用双手从驴的口鼻向两边掰开，三娘子便从里面跳了出来，恢复了原本的模样。随后，三娘子向老人行了叩拜之礼，转身离去，不知所终。

敬元颖

谷神子

天宝中，有陈仲躬，家居金陵，多金帛。仲躬好学，修词未成，乃携数千金于洛阳清化里假居一宅。其井尤大，甚好溺人，仲躬亦知之。志靡有家室，无所惧。仲躬常抄习不出。

月余日，有邻家取水女子，可十数岁，怪每日来于井上，则逾时不去，忽堕井中而溺死。井水深，经宿方索得尸。仲躬异之，闲乃窥于井上。忽见水影中一女子面，年状少丽，依时样妆饰，以目仲躬。仲躬凝睇之，则红袂半掩其面微笑，妖冶之姿出于世表。仲躬神魂恍惚，若不支持。然乃叹曰："斯乃溺人之由也。"遂不顾而退。

《敬元颖》出自谷神子《博异志》，宋李昉录于《太平广记》卷二百三十一器玩三，改题为"陈仲躬"。

后数月，炎旱，此井亦不减。忽一日，水顿竭清。旦有一人扣门云："敬元颖请谒。"仲躬命入，乃井中所见者，衣绯绿之衣，其制饰铅粉乃当时耳。仲躬与坐而讯之曰："卿何以杀人？"元颖曰："妾实非杀人者。此井有毒龙，自汉朝绛侯①居于兹，遂穿此井。洛城内都有五毒龙，斯乃一也。缘与太一②左右侍龙相得，每相蒙蔽，天命追征，多故为不赴集役，而好食人血，自汉已来，已杀三千七百人矣，而水不曾耗涸。某乃国初方堕于井，遂为龙所驱使，为妖惑以诱人，用供龙所食。其于辛苦，情所非愿。昨为太一使者交替，天下龙神尽须集驾，昨夜子时已朝太一矣。兼为河南旱，被勘责，三数日方回。今井内已无水，君子诚能命匠淘之，则获脱难矣。如脱难，愿于君子一生奉养，世间之事，无所不致。"言讫，便失所在。

仲躬乃当时命匠，令一信者与匠同入井中，嘱曰："但见异物，即令收之。"至底，无别物，唯获古铜镜一枚，面阔七寸七分。仲躬令洗净，安匣中，焚香以奉之，斯乃敬元颖者也。一更后，忽见元颖自门而入，直造烛前设拜，谓仲躬曰："谢以生成之恩，照及浊泥之

① 绛侯：汉代周勃以布衣从高祖定天下，赐爵列侯，食绛八千一百八十户，号为绛侯。

② 太一：神仙。

下。某本师旷所铸十二镜之第七者也。其铸时，皆以日月为大小之差，元颖则七月七日午时铸者也。贞观中，为许敬宗婢兰苔所堕。以此井水深，兼毒龙气所苦，人入者闷绝，而不可取，遂为毒龙所役。幸遇君子正直者，乃获重见人间尔。然明晨内望君子移出此宅。"仲躬曰："某以用钱僦居③，今移出，何以取措足之所？"元颖曰："但请君子饰装，一无忧矣。"言讫，再拜云："自此去，不复见形矣。"仲躬遽留之。问曰："汝以红绿脂粉之丽，何以诱女子小儿也？"对曰："某变化无常，非可具述。各以所悦，百方谋策，以供龙用。"言讫，即无所见。

明晨，忽有牙人④扣户，兼领宅主来谒仲躬，便请仲躬移居，夫役并足。到斋时，便到立德坊一宅中，其大小价数一如清化者。其牙人云："价直契书，一无遗阙。"并交割讫。后三日，会清化宅井无故自崩，兼延及堂隍东厢，一时陷地。仲躬后文战累胜，为大官。所有要事，未尝不如移宅之绩效也。

其镜背有二十八字，皆科斗书。以今文推而写之曰："维晋新公二年七月七日午时，于首阳山前白龙潭铸成

③ 僦居：租屋居住。

④ 牙人：古代居于买卖双方之间，从中撮合，以获取佣金的人。

此镜，千年后世。"于背上环书，一字管天文一宿，依方列之。则左有日而右有月，龟龙虎雀，并依方安焉。于鼻四旁题曰："夷则之镜。"

译文

唐玄宗天宝年间，有个叫陈仲躬的书生，住在金陵，家财万贯。陈仲躬很好学，但于诗赋方面无所作为。他带着千金，来到洛阳清化里，租了一处宅院住下。院中有一口很大的井，经常有人掉进去淹死。陈仲躬也知道，但他没有家室，就没有什么害怕的。陈仲躬自从搬到这来，便经常在屋内学习，足不出户，这样有一个多月了。

邻家有个取水的女孩儿，年纪十几岁。陈仲躬很奇怪，她每天都来这口井取水。这一天，她又来到井边，很长时间都没有离开，忽然就坠入井中淹死了。井水很深，隔了一宿，人们才将她的尸体打捞上来。陈仲躬觉得很奇怪，闲来无事时，就来到了井边，向井底窥望。忽然，他看见井水的倒影中出现了一个女子的面孔，年轻貌美，按照当时流行的式样打扮，盯着陈仲躬。当陈仲躬仔细凝视时，那女子就用红袖半遮住面庞，对他微笑，其妖冶之姿，人世间罕有。陈仲躬神魂颠倒，恍恍惚惚，仿佛快要支撑不住了，才叹息着说："这才是邻家女孩儿掉入井中溺死的缘由啊！"他不再看那井中女子，后退离开。

这一年，天气炎热，土地大旱，井中的水却并未干枯。忽然有一天，井水也干涸了。一大早，便有人敲响了陈仲躬的房门，说："敬元颖请求拜见。"陈仲躬让人进来，一看，原来是在井中所见之人。她穿着绯绿色的衣裙，脸上涂着丹红的胭脂水粉，与当时的人一样。陈仲躬让那女子坐下，询问道："你为什么要杀人？"敬元颖回答："我真的不是凶手。这口井中住有一条毒龙，自从汉朝绛侯住在这里，掘了这口井时，它就在这里。洛阳城中一共有五条毒龙，它是其中之一。它与太

一神身边的侍龙相处融洽，因此太一神每每被它蒙蔽。天帝要征召它，但大多数的时候它都借故不去。这毒龙喜欢饮食人血，自汉以来，已经杀死了三千七百多人，但这里的水不曾干涸。我是大唐立国之初坠落到井中的，坠入之后，就被这条毒龙驱使控制，为了它引诱迷惑别人，以供它吸血之用。这其中的苦处无人诉说，做这些事不是我所情愿的。昨天是太一神使者交接班的日子，天下的龙神都必须到太一神那里，昨夜子时，毒龙已去朝见太一神。因为黄河以南大旱，毒龙被审问追责，三五天才会回来。现在井中已经无水，如果君子您能让工匠去淘一淘这口井，那么我就可以摆脱苦难了。如果摆脱了毒龙的控制，我愿意终生侍奉公子，世上的事情，没有什么是我做不到的。"说完这些话，敬元颖就消失不见了。

陈仲躬找来一个工匠，又让一个亲信一同下到井中，嘱咐他们说："只要看见特别的东西，就收起拿上来。"二人到达井底，没有找到别的，只获得了一面古铜镜，镜面宽七寸七分。陈仲躬命人将铜镜清洗干净，放入匣中，焚香供奉。这面古铜镜就是敬元颖。当天晚上，一更天之后，敬元颖忽然从门外走进房内，一直来到香烛前，行过礼后，对陈仲躬说："感谢公子的救命之恩，使我脱离了井底的污浊。我原是春秋时的乐师师旷当年所铸的十二面铜镜之一。当年铸造之时，以铸造之时的日期作为大小的依据，我是在七月初七午时所铸，因此宽为七寸七分。贞观年间，许敬宗的婢女兰苔把我掉入了井中。井水很深，再加上毒龙吐出的毒气，人进入井中就会被闷死，因此没有人把我捞上来，这样，我就被毒龙控制了。幸亏遇到像公子您这样正直的人，我才能重见人间。但是，在明天清晨之前，希望公子您能搬出这间宅子。"陈仲躬说："这里是我用钱租下来的，现在要搬走，我要去哪儿立足呢？"敬元颖说道："公子您只管整理行李，什么都不要担心就是了。"说完，她就向陈仲躬拜了两拜，说："自此离去，我就不再现出人形了。"陈仲躬听到这话，立刻留住敬元颖，问道："你是以美丽的容貌来诱惑女子、小孩儿的吗？"敬元颖回答："我变化无常，不可详细叙说。各人有各人所喜欢的，我千方百计谋划，以供毒龙驱使罢了。"说完，敬元颖便消失不见了。

第二天清晨，陈仲躬忽然听到门外有人敲门，是一个中介带来一位房主前来拜见，请他搬家，仆役都已准备齐全。到了正午时分，几人一起来到了立德坊的一处宅院，这个宅院的大小和租金与之前清化里那处一模一样。那中介说："租金、房契，一样都不少。"二人交割完毕。

三天之后，清化里的那处宅院自行崩塌了，祸及东厢房，也一并陷了下去。从此，陈仲躬参加科考，接连登第，还得到了高官俸禄。在陈仲躬身上发生的所有重要的事情，没有一件不像当年搬家那样容易成功。

陈仲躬得到的那面古铜镜的背面，有二十八个字，都是用蝌蚪文写成。用当时的文字翻译过来是："维晋新公二年七月七日午时，于首阳山前白龙潭铸成此镜，千年后世。"这些字是在铜镜的背面按照环形书写，一个字分管着天上的一个星宿，并且按照方位排列。左边有日，右边有月，龟、龙、虎、雀也是按照方位排列。在镜鼻的四方，题有四个大字："夷则之镜。"

崔玄微

段成式

　　唐天宝中，处士①崔玄微洛东有宅。耽道，饵术②及茯苓三十载。因药尽，领僮仆入嵩山采芝，一年方回。宅中无人，蒿莱满院。时春季夜间，风月清朗，不睡，独处一院，家人无故辄不到。三更后，有一青衣云："君在院中也。今欲与一两女伴过，至上东门表姨处，暂借此歇，可乎？"玄微许之。须臾，乃有十余人，青衣引入。有绿裳者前曰："某姓杨。"指一人，曰："李氏。"又一人，曰："陶氏。"又指一绯衣小女，曰："姓石，名阿措。"各有侍女辈。玄微相见毕，乃坐于月下，问行出之由。对曰："欲到封十八姨数日，云欲来相看，不得。今夕众往看之。"

《崔玄微》，出自段成式《酉阳杂俎》，也见于署名谷神子的《博异志》，宋李昉录于《太平广记》卷四百一十六草木十一。

① 处士：有才学而隐居不做官的人。

② 饵术：服食苍术。传说久服可以成仙。

坐未定，门外报："封家姨来也。"坐皆惊喜出迎。杨氏云："主人甚贤，只此从容不恶，诸亦未胜于此也。"玄微又出见封氏，言词泠泠[3]，有林下风气。遂揖入坐。色皆殊绝。满座芳香，馥馥[4]袭人。诸人命酒，各歌以送之，玄微志其二焉。有红裳人与白衣送酒，歌曰："皎洁玉颜胜白雪，况乃当年对芳月。沉吟不敢怨春风，自叹容华暗消歇。"又白衣人送酒，歌曰："绛衣披拂露盈盈，淡染胭脂一朵轻。自恨红颜留不住，莫怨春风道薄情。"至十八姨持盏，性颇轻佻，翻酒汗阿措衣。阿措作色曰："诸人即奉求，余即不知奉求耳。"拂衣而起。十八姨曰："小女弄酒！"皆起，至门外别；十八姨南去，诸人西入苑中而别。玄微亦不知异。

明夜又来，云："欲往十八姨处。"阿措怒曰："何用更去封妪舍！有事只求处士，不知可乎？"阿措又言曰："诸侣皆住苑中，每岁多被恶风所挠，居止不安，常求十八姨相庇；昨阿措不能依回，应难取力。处士倘不阻见庇，亦有微报耳。"玄微曰："某有何力，得及诸女？"阿措曰："但处士每岁岁日，与作一朱

③泠泠：这里指言谈清逸脱俗。

④馥馥：香气浓郁的样子。

幡，上图日月五星之文，于苑东立之，则免难矣。今岁已过，但请至此月二十一日平旦，微有东风，即立之，庶夫免于患也。"玄微许之。乃齐声曰："不敢忘德。"拜而去。玄微于月中随而送之，踰苑墙，乃入苑中，各失所在。

依其言，至此日立幡。是日东风振地，自洛南折树飞沙，而苑中繁花不动。玄微乃悟：诸女曰姓杨、李、陶，及衣服颜色之异，皆众花之精也；绯衣名"阿措"，即安石榴也；封十八姨，乃风神也。后数夜，杨氏辈复至媿⑤谢。各裹桃李花数斗，劝崔生："服之可延年却老。愿长如此住，卫护某等，亦可致长生。"至元和初，玄微犹在，可称年三十许人。又尊贤坊田弘正宅，中门外有紫牡丹成树，发花千余朵；花盛时，每月夜，有小人五六，长尺余，游于花上。如此七八年。人将掩之，辄失所在。

⑤媿：同"愧"。

译文

唐朝天宝年间，有个叫崔玄微的处士，在洛阳东有一处宅院。他沉溺于修道，服食苍术、茯苓已有三十年。因为药已用尽，他就带着僮仆深入嵩山去采芝，一年之后才回到洛阳的那处宅院。回来之时，宅中无人，院内长满了蒿莱。时值春夜，万籁俱寂，风清月朗，崔玄微无心安睡，便到院中赏月。他自己住在这里，没有什么事情，他的家人是不会到这儿来的。三更天后，忽然有一个青衣婢女到来，说："您在这儿啊，我要和一两个女伴经过此地去东门表姨那里，想暂时借此地休息，可以吗？"崔玄微同意了。不一会儿，就有十多人由那青衣婢女带进来。一个穿着绿色衣裙的人上前说道："我姓杨。"说完，她指着一人道："这是李氏。"她又指一人道："这是陶氏。"之后，她还指了指一个穿着红色衣裙的小女孩儿，说："她姓石，名阿措。"这些女子都带着各自的侍女。崔玄微一一与她们见礼。见礼之后，便让她们于月下入座，问她们此次出行的缘由。她们回答说："我们想要去封十八姨那里，多日前她就说要来看我们，可是没来，今晚我们就去看望她。"

众人还没有坐稳，门外便有人相告说，封十八姨来了，在座的都很惊喜地出去迎接。杨氏说："这里的主人很好，只是在此地休息，不让人厌烦，其他各处没有比这更好的。"崔玄微也出来与封氏相见。封氏言谈举止清逸脱俗，闲雅飘逸。崔玄微拱手相让，请封氏入座。座上诸女子都是姿色超绝，一座芬芳，香气袭人。诸人又命人摆酒，大家以歌相赠，崔玄微记录下了其中的两首。一红衣女子劝一白衣女子喝酒，唱道："皎洁玉颜胜白雪，况乃当年对芳月。沉吟不敢怨春风，自叹容华暗消歇。"另外一首是白衣人敬酒时所唱，歌曰："绛衣披拂露盈盈，淡染胭脂一朵轻。自恨红颜留不住，莫怨春风道薄情。"轮到封十八姨举起酒杯，突然间举止很不庄重，把酒洒到了阿措的身上，弄脏了衣裙。阿措生气地说："每个人都是恳求别人喝酒，我偏不。"说完，她就拂了拂衣裙，站起身来。封十八姨说："这女子喝醉了，使起小性子来！"这时，众人都站了起来，到门外送别封十八姨。封十八姨向南离去，其他人则向西入园，之后，各自散去。崔玄微也不觉得有何异常。

第二天晚上，她们再次前来，对崔玄微说："我们还是要到十八姨那里去。"阿措生气地说："为何还要去那封老婆子家，有事情的话，咱们只求眼前这位处士罢了，不知道处士可否同意？"随后，阿措又解释道："各位都住在这园子里，每年都为这恶风所扰，起居行动颇不安宁，于是，我们就常常去求封十八姨庇护。昨夜，我没能低头顺从，应该很难得到她的庇佑了。如果处士您能不加阻止而庇护我们，我们会有所报答的。"崔玄微说："我何德何能，能够保护诸位呢？"阿措说："只要处士每年正月初一的时候，给我们做一面红色的旗幡，上面画上日月和五星的图案，在庭院东面立起来，就能使我们免于灾祸。今年

已经过去了，这个月的二十一日天亮之时，会刮起东风，所以只是请你立上旗幡，希望能让我们免于祸患。"崔玄微答应了。众位女子齐声应道："大恩大德，永世不忘！"说完，她们拜谢而去。崔玄微在月光里跟随相送，见她们越过园墙，走进园中，不知去向。

崔玄微按照她们所说，到了二十一日的清晨，把旗幡立了起来。这一天，果然刮起了东风，风势很大，从洛南开始刮起，使树折沙飞，但庭院中的繁花安然无恙。崔玄微这才悄然大悟，日前在院中所看到的那些女子，她们说姓杨、李、陶，所穿的衣裙颜色各异，原来是花精所化。穿红衣叫"阿措"的，就是石榴。而封十八姨就是风神。几天后，一个夜里，杨氏姐妹又来向崔玄微表示感谢，她们每人都拿着数斗的桃花、李花的花瓣，劝崔玄微服下，说："服下便可以使公子延年益寿。希望您能常住此地，保护我们，这样你就可以长生不老了。"到了元和初年，崔玄微依然健在，可以说是三十多岁的人。

另外，尊贤坊田弘正的宅院里，中门外一株紫牡丹长成了树，开花一千多朵。花盛时，每逢月夜，都能看见五六个身长一尺多的小人，在花上游玩。如此有七八年的样子。人们准备逮他们的时候，他们就不见了踪影。

刘方玄

谷神子

原文

　　山人刘方玄，自汉南抵巴陵，夜宿江岸古馆之厅。其西有巴篱所隔，又有一厅，常扃^①锁，云多有怪物，使客不安，已十数年不开矣。中间为厅，廊崩摧，州司完葺，至新净，而无人敢入。其夜，方玄都不知之。

　　二更后，见月色满庭，江山清寂，唯闻厅西有家口语言啸咏之声，殆不多辨，唯一老青衣语声稍重而带秦音者。言曰："往年阿郎贬官时，常令老身骑偏面骗^②，抱阿荆郎。阿荆郎娇，不肯稳坐，或偏于左，或偏于右，坠损老身左膊，至今天欲阴，使我患酸疼焉。今又发矣，明日必大雨。如今阿荆郎官高也，不知有老身无？"复闻相应答者。俄而有歌者，歌音清细，若曳

《刘方玄》出自谷神子撰《博异志》，宋李昉录于《太平广记》卷三百四十五鬼三十。

① 扃（jiōng）：同"扃"，上闩、关门之意。

② 骗（guā）：黑嘴的黄马。

绪③之不绝。复吟诗者，吟声切切，如含酸和泪之词，幽咽良久，亦不可辨其文，而无所记录也。久而老青衣又云："昔日阿荆郎爱念'青青河畔草'，今日亦颇谓'绵绵思远道'也。"④仅四更，方不闻其声。

明旦，果大雨。呼馆吏讯之，吏云："此西厅空，更无人。"方叙此中宾客不曾敢入之由。方玄固请开院视之，则秋草满地，苍苔没阶。中院之西，则连山林，无人迹也。启其厅，厅则新净，了无所有，唯前间东面柱上有诗一首，墨色甚新。其词曰："耶娘送我青枫根，不记青枫几回落。当时手刺衣上花，今日为灰不堪著。"视其书，则鬼之诗也。馆吏云："此厅成来，不曾有人，入亦逃，无此题诗处。"乃知夜来人也。复以此访于人，终不能知其来由耳。

③曳绪：抽丝，比喻连续不断。

④"青青河畔草""绵绵思远道"：出自汉代佚名的《饮马长城窟行》："青青河畔草，绵绵思远道。远道不可思，宿昔梦见之。梦见在我傍，忽觉在他乡。他乡各异县，辗转不相见。枯桑知天风，海水知天寒。入门各自媚，谁肯相为言。客从远方来，遗我双鲤鱼。呼儿烹鲤鱼，中有尺素书。长跪读素书，书中竟何如。上言加餐食，下言长相忆。"

译文

隐士刘方玄，从汉南出发，抵达巴陵，夜里就投宿在长江岸边一家古老的驿馆。刘方玄住的这个院落，是驿馆之一，西边还有一院落，中间有篱笆相隔，时常锁着门。有人说，因为这个院落里有怪物出没，会使客人感到不安，所以有十多年没开过院门了。此院落的中间为过厅，走廊崩塌过，州官已经把它修缮好，现在看起来既崭新又干净，但就是没人敢住进去。直到这天夜里，刘方玄也不知道这回事。

过了二更，月色满园，江山清寂，刘方玄只听得西边的院落里传来说话声及啸歌吟咏之声，听不清楚其中的内容，有一老年婢女的声音稍重，夹杂着秦地的口音。只听她说："以前主人被贬官之时，时常让我骑着黑嘴黄马，抱着少主阿荆。阿荆那时还很娇小可爱，不肯稳坐于马上，有时偏左，有时偏右，让我从马上坠落下来，伤了我的左胳膊，现在天阴时，我还感到酸疼。今天我又开始疼痛难忍了，明天一定会下大雨。如今，阿荆做了高官，不知道他还记得我吗？"之后，刘方玄又听到应答之声。不久，又响起了歌声，那歌声清亮柔细，仿佛抽丝不绝。之后又有吟诗的，声音哀怨，词中似乎饱含辛酸与眼泪，幽幽咽咽，良久不绝。关于诗歌的内容，刘方玄也分辨不出来，也就没有任何记载。过了很久，那位老婢女又说道："以前阿荆喜欢念'青青河畔草'，今天看起来，更是'绵绵思远道'了。"到了四更天，才听不见声音。

第二日清晨，果然下起了大雨。刘方玄叫来驿馆的小吏询问。小吏说："西边的庭院是空的，更加没有人了。"他向刘方玄述说了宾客不敢进入这个庭院的原因。刘方玄坚持请小吏打开西边庭院的门，要进去看一看。只见庭院里秋草满地，台阶上长满了青苔。中间的小院连着后面的山林，并无人迹。打开客厅的门，里面既崭新又干净，什么也没有。只有前面的房间东面的柱子上有一首诗，墨迹还是新的："耶娘送我青枫根，不记青枫几回落。当时手刺衣上花，今日为灰不堪著。"看其字迹与内容，是鬼诗无疑了。驿馆的小吏说："自从这座庭院建成以来，一直不曾有人住过，即使是来过人，也是看看就逃走了，根本不会有人在此题诗。"刘方玄这才知道，昨夜这里确实进来了人。如果不是这样，那柱子上的墨迹不会是新的。他又向别人寻访此事，但终究也没有找到答案。

太阴夫人

卢肇

原文

卢杞少时，穷居东都，于废宅内赁舍。邻有麻氏妪，孤独。杞遇暴疾，卧月余。麻婆悯之，来作羹粥。疾愈后，多谢之。晚从外归，见金犊车子在麻婆门外。卢公惊异，窥之，见一女年十四五，真神人。明日潜访麻婆，麻婆曰："莫要作婚姻否？试与商量。"杞曰："某贫贱，焉敢辄有此意？"麻曰："亦何妨。"既夜，麻婆曰："事谐矣，请斋三日，会于城东废观。"既至，见古木荒草，久无人居。逡巡，雷电风雨暴起，化出楼台，金殿玉帐，景物华丽。有辎軿[1]降空，即前时女子也。与杞相见，曰："某即天人，奉上帝命，遣人间自求匹偶耳。君有仙相，故遣麻婆传意。更七日清

《太阴夫人》出自卢肇撰《逸史》，宋李昉录于《太平广记》卷六十四女仙九。

[1] 辎軿（zī píng）：辎车和軿车的并称。后泛指有屏蔽的车子。

斋，当再奉见。"女子呼麻婆，付两丸药。须臾，雷电黑云，女子已不见，古木荒草，苍然如旧。

麻婆与杞归，清斋七日，斸②地种药。才种已蔓生，未顷刻，二胡芦生于蔓上，渐大如两斛瓮。麻婆以刀刳其中，麻婆与杞各处其一，仍令卢公具油衣三领。风雷忽起，腾上碧霄，满耳只闻波涛之声，迤逦东去。久之觉寒，令着油衫。如在冰雪中，复令着至三重，甚煖。谓麻婆曰："此去洛阳多少？"麻婆曰："去洛已八万里。"良久，胡芦止息，遂见宫阙楼台，皆以水晶为墙垣，被甲仗戈者数百人。

麻婆引杞入，见女子居紫殿，从女百人。命杞坐，具酒馔。麻婆屏立于诸卫下。女子谓杞："君合得三事，取一事之长。若欲长留此宫，寿与天毕；次为地仙，常居人间，时得至此；下为中国宰相，如何？"杞曰："在此处实为上愿。"女子喜曰："此水晶宫也。某为太阴夫人，仙格已高，足下便是白日升天。然须定不得改移，以致相累也。"乃赍③青纸为表，当庭拜奏，曰："须启上帝。"

少顷，闻东北间声云："上帝使至。"太阴夫人与

②斸（zhú）：锄地之意。

③赍（jī）：持、带、送之意。

诸仙趋降。俄有幢节香幡④，引朱衣少年立阶下。朱衣宣帝命曰："卢杞，得太阴夫人状云，欲住水晶宫，如何？"杞无言。夫人但令疾应，又无言。夫人及左右大惧，驰入，取鲛绡五匹，以赂使者，欲其稽缓⑤。食顷间又问："卢杞，欲水晶宫住，作地仙，及人间宰相？此度须决。"杞大呼曰："人间宰相。"朱衣趋去。太阴夫人失色，曰："此麻婆之过，速领回。"推入胡芦。又闻风水之声，却至故居，尘榻宛然，时已半夜。胡芦与麻婆，并不见矣。杞后果为相。

④ 幢节：旗帜仪仗。幡：旗子。

⑤ 稽缓：迟缓。

译文

卢杞年少之时，穷居在东都洛阳，在一处废弃的宅院内租了一间房子。他的邻居是一个老妇人，姓麻，一个人住。一次，卢杞突然生了重病，在床上躺了一个多月，麻婆可怜他，便帮他煲汤熬粥。卢杞痊愈之时，非常感谢麻婆。后来，有一日天色已晚，卢杞外出回来，看见有一辆金饰的牛车停在麻婆家的门口。卢杞感到惊奇，偷偷地向屋内看，只见一女子十四五岁，相貌出众，宛如仙女一般。那女子走后第二日，卢杞私下拜访麻婆打听情况。麻婆便问他："莫不是你想与她成婚？如果是，我就尝试与她商量。"卢杞回答说："我很穷，又身份低微，怎么敢有这种想法？"麻婆却说："这有何妨。"说完，她便去找那女子商议。这一天入夜之后，麻婆对卢杞说："事情办妥当了。请卢公子斋戒三日，然后在城东的废道观相见。"卢杞斋戒三日后，来到城东一处废弃的道观，只见那里是古木荒草，久无人居的样子。顷刻间，电闪雷鸣，暴雨骤起，随即道观幻化出亭台楼阁，金殿玉帐，金碧辉煌，华丽至极。这时，有车驾从天而降，走下一名女子，就是卢杞之前在麻婆家见到的那位女子。见到卢杞，她说："我是天上的仙子，奉天帝旨意，被派遣到人间自己寻觅夫婿，我看公子有仙家之相，就派了麻姑来传达我的心意。还请公子再行斋戒七日，我们再来相见。"说完，她又叫来麻婆，给了两颗丸药。片刻之后，又开始电闪雷鸣，黑云滚滚而来，再看那女子，已经不见了，古木荒草依然苍苍。

　　麻婆与卢杞一起回了家。卢杞斋戒七日之后，开始挖地，种下仙子给的那两颗丸药。丸药刚种下，就长出了藤蔓，不一会儿，藤蔓上就长出了两个葫芦，渐渐大到如同两口大瓮。麻婆用刀把葫芦中间挖空，两人各处其一。麻婆让卢杞准备三件油布做的衣服。刚准备好，风雷骤起，二人乘着大葫芦腾空而起，冲上云霄。卢杞满耳只听到波涛汹涌之声。二人向东迤逦而去。时间长了，二人觉得很冷，就穿上了那油布做的衣服。可卢杞还是觉得仿佛置身冰雪之中，麻婆又让他穿了三重的油布衣服，卢杞这才感觉暖和了。这时，卢杞问麻婆："现在我们离洛阳有多远？"麻婆答道："现在离洛阳有八万里了。"过了很长时间，他们所乘的葫芦停在一处宫殿之前，只见宫阙楼台，都是以水晶为墙，殿外有数百名披着铠甲、拿着兵器的侍卫。

麻婆带着卢杞走进殿去，只见那女子就在大殿之中，侍女就有一百人。女子让卢杞坐下，然后准备酒宴。麻婆则站在侍卫队之下。女子对卢杞说："公子你可以在三件事中选择一件，我来帮你完成。若想长留于此，你就会寿与天齐；你可以成为地仙，长居于人间，也可以时常来这里；你还可以回到人间中原做一名宰相。你要怎么选择？"卢杞回答："我要留在此处，这是我最大的心愿。"那女子听后，高兴地说："这里是水晶宫，我是太阴夫人，具有很高的仙格，你与我成婚，这便是白日升天了。但是，你既然已经决定了，便不能再改变，否则就会连累到我。"说完，她拿了一张青纸写下表文，当庭拜奏，对卢杞说："这需要向天帝禀明。"

过了一会儿，东北传来声音："天帝派使者到。"听到这话，太阴夫人和其他仙人都快步降下，准备迎接。不一会儿，旗帜仪仗到来，引领着一红衣少年来到台阶之下。红衣少年宣天帝之命说："卢杞，近日看到太阴夫人上表说，你想住在水晶宫，是这样吗？"卢杞没有应答。太阴夫人让他赶紧回答，可卢杞还是不说话。这回，太阴夫人以及左右的人开始害怕起来，急急奔入殿内，拿出五匹鲛绡来贿赂使者，想让他延迟一会儿再复命。过了一顿饭的工夫，使者又问："卢杞，你到底是想去水晶宫与太阴夫人同住，还是要做一个地仙，抑或是要回到人间做宰相？这需要你尽快做决定。"卢杞这回大呼道："人间宰相。"红衣使者听后，马上回天上复命去了。太阴夫人大惊失色，说："这都是麻婆的过错，速速把卢杞带回去。"她立即命人把他们二人推入葫芦中。二人再次听到了风雨之声，回到了卢杞的家。只见他的家中尘榻如旧，仿佛一切都没有发生过。此时已是夜半时分。卢杞再回头一看，那大葫芦和麻婆都消失不见了。卢杞后来果然成了人间宰相。

浮梁张令

李玫

原文

浮梁张令，家业蔓延江淮间，累金积粟，不可胜计。秩满[1]，如京师，常先一程置顿，海陆珍美毕具。至华阴，仆夫施幄幕，陈樽垒，庖人[2]炙羊方熟，有黄衫者，据盘而坐。仆夫连叱，神色不挠[3]。店妪曰："今五坊弋罗[4]之辈，横行关内，此其流也，不可与竞。"仆夫方欲求其帅以责之，而张令至，具以黄衫者告，张令曰："勿叱。"召黄衫者问曰："来自何方？"黄衫但唯唯耳。促暖酒，酒至，令以大金钟饮之。虽不谢，似有愧色。饮讫，顾炙羊，著目不移，令自割以劝之。一足尽，未有饱色，令又以盒中馂十四五啖之，凡饮二斗余。

《浮梁张令》始见著录于《新唐书·艺文志》，题为唐李玫作，宋李昉录于《太平广记》卷三百五十鬼三十五。

[1] 秩满：旧制官员任职届满。

[2] 庖人：厨师。

[3] 不挠：不屈服。

[4] 五坊弋罗：唐代为皇帝饲养猎鹰猎犬的官署。

酒酣，谓令曰："四十年前，曾于东店得一醉饱，以至今日。"令甚讶，乃勤恳问姓氏，对曰："某非人也，盖直送关中死籍之吏耳。"令惊问其由，曰："太山召人魂，以将死之籍付诸岳，俾⑤其捕送耳。"令曰："可得一观乎？"曰："便窥亦无患。"于是解革囊，出一轴，其首云："太山主者牒⑥金天⑦府。"其第二行云："贪财好杀，见利忘义人，前浮梁县令张某。"即张君也。令见名，乞告使者曰："修短⑧有限，谁敢惜死。但某方强仕，不为死备，家业浩大，未有所付。何术得延其期？某囊橐中，计所直不下数十万，尽可以献于执事。"使者曰："一饭之恩，诚宜报答。百万之贶⑨，某何用焉？今有仙官刘纲，谪在莲花峰。足下宜匍匐径往，哀诉奏章，舍此则无计矣。某昨闻金天王与南岳博戏⑩不胜，输二十万，甚被逼逐。足下可诣岳庙，厚数以许之，必能施力于仙官。纵力不及，亦得路于莲花峰下。不尔，荆榛蒙密，川谷阻绝，无能往者。"

令于是赍牲牢，驰诣岳庙，以千万许之。然后直诣莲花峰，得幽径，凡数十里，至峰下，转东南，有一茅堂。见道士隐几而坐，问令曰："腐骨秽肉，魂亡神耗

⑤ 俾：使。

⑥ 牒：官方文书。

⑦ 金天：华岳神名。唐玄宗先天二年封华岳神为金天王。

⑧ 修短：指人的寿命。

⑨ 贶：赐。

⑩ 博戏：古代一种赌博游戏。类似后代的双陆棋，玩法是依照所掷骰子的点数，决定双方下棋的权力。

者，安得来此？"令曰："钟鸣漏尽，露晞顷刻。窃闻仙官能复精魂于朽骨，致肌肉于枯骸。既有好生之心，岂惜奏章之力？"道士曰："吾顷为隋朝权臣一奏，遂谪居此峰。尔何德于予，欲陷吾为寒山之叟乎？"令哀祈愈切，仙官神色甚怒。俄有使者赍一函而至，则金天王之书扎也。仙官览书，笑曰："关节既到，难为不应。"召使者反报，曰："莫又为上帝谴责否？"乃启玉函，书一通，焚香再拜以遣之。凡食顷，天符乃降，其上署"彻"字。仙官复焚香再拜以启之，云："张某弃背祖宗，窃假名位，不顾礼法，苟窃官荣。而又鄙僻多藏，诡诈无实。百里之任，已是叨居⑪；千乘之富，全因苟得。今按罪已实，待戮余魂，何为奏章，求延厥命。但以扶危拯溺者，大道所尚；纾刑宥过⑫者，玄门⑬是宗。狥尔一眄，全我弘化，希其悛恶，庶乃自新。贪生者量延五年，奏章者不能无罪。"仙官览毕，谓令曰："大凡世人之寿，皆可致百岁。而以喜怒哀乐，役心之源；爱恶嗜欲，伐性之根。而又扬己之能，掩彼之长。颠倒方寸，顷刻万变。神倦思怠，难全天和。如彼淡泉，汩于五味。欲致不坏，其可得乎？勉导归途，无堕

⑪ 叨居：叨，同"饕"，贪。叨居，意为贪图官位。

⑫ 纾刑宥过：解除刑罚，饶恕犯错。

⑬ 玄门：指道教。

吾教。"令拜辞，举首已失所在。

复寻旧路，稍觉平易。行十余里，黄衫吏迎前而贺。令曰："将欲奉报，愿知姓字。"吏曰："吾姓钟，生为宣城县脚力。亡于华阴，遂为幽冥所录。递符之役，劳苦如旧。"令曰："何以免执事之困？"曰："但酹⑭金天王愿日，请置祭于阇人，则吾饱神盘子矣。文符已违半日，难更淹留，便与执事别。"入庙南柘林三五步而没。

是夕，张令驻车华阴，决东归计。酬金天王愿，所费数逾二万，乃语其仆曰："二万可以赡吾十舍之资粮矣，安可受祉⑮于上帝，而私赂于土偶人乎？"明旦，遂乘而东去，旬余至偃师。是夕，止于县馆。见黄衫旧吏，赍牒排闼⑯而进，叱张令曰："何虚妄之若是！今祸至矣。由尔偿三峰之愿不果决，俾吾答一饭之恩无始终。悒悒⑰之怀，如痛毒螫。"言讫，失所在。顷刻，张令有疾，留书遗妻子，未讫而终。

⑭ 酹：同"酬"。

⑮ 受祉：接受天地神明的降福。

⑯ 排闼：推门。

⑰ 悒悒：忧郁，愁闷。

●

译文

浮梁县有个姓张的县令，家业丰厚，一直扩展到江淮一带。他积攒下的金银财帛以及粮食，不可胜数。这一年，张县令任职期满，要带着全家回到京师。按惯例，每到一处地方，总要先行一程安置好住处，备好酒菜，菜品丰富，既有海鲜，又有珍禽。这一日，一行人行至华阴县，当仆人施好帐幕，备好美酒，厨师刚刚烤好羊肉之时，就来了一个穿黄衫的人，盘膝坐到饭桌前。张县令的手下连声呵斥，那黄衫人面不改色，毫不屈服。店家的老板娘说："现在五坊衙门内搜寻追捕的贼人横行关内，此人就是这类人，不能与他争斗。"仆人刚想请求他的长官来斥责他，张县令就到了。仆人把这件事详细告知。张县令说："不要斥责他。"然后，县令又叫来黄衫人问道："你来自哪里？"黄衫人恭敬地回答张县令的话，没有其他。随后，张县令又催促下人赶快温酒，仆人把酒端上来之后，张县令让黄衫人用大的黄金酒杯盛酒来饮。那人虽然没有为之前所做的事道歉，但脸上似乎也有愧色。黄衫人饮完酒，又紧盯着烤完的羊肉，一动不动。张县令看到之后，亲自割下一块羊肉让他吃，黄衫人竟然把一只羊腿都吃了下去，可还未显出吃饱的样子。张县令又将食盒中的馅饼拿出十四五张给他吃。最后，那黄衫人一共喝了两斗多的酒。

酒酣之时，黄衫人对张县令说："四十年前，我在东店享受过如此的待遇，吃饱喝足，一直到今天，才再次吃饱。"张县令很惊讶，诚挚恳切地问他的姓氏。黄衫人回答说："我不是什么活着的人，我只是送关中死人簿籍的小吏罢了。"张县令听后，非常吃惊，问其中的缘由。黄衫人答道："泰山神要召集人的灵魂，把将死之人的户籍册给了其他的五岳之神，让他们去抓捕。"张县令说："可以让我看一看那名册吗？"黄衫人回答说："只是偷偷地看，也没有什么可担心的。"他解开了皮草做的袋子，拿出一个卷轴来。只见卷首写着："太山主者牒金天府。"第二行写着："贪财好杀，见利忘义之人，前浮梁县令张某。"这"张某"就是眼前的张县令。张县令看到自己的名字，请求黄衣使者说："人的寿命有限，谁又敢惜死去违背呢？但是，我正当身强力壮，还没有准备好，家业又很多，还没有托付于人，用什么方法可以拖延我生命的期限呢？我行囊中所有的财物，算起来不下数十万，都可以送给执事您。"黄衣使者说："一饭之恩，实在是应该报答。百万的厚赠，对我又有何用？现在有个叫刘纲的仙官，被贬谪在莲花峰。您应该尽力前去，向他哀伤地哭诉你想要的，除了这个方法，就没有别的了。我昨天听闻金天王和南岳两个人博戏输了二十万，被催逼得很厉害，甚至被驱逐。您可以到岳庙去，许诺给金天王很多钱，他一定能在仙官刘纲那里帮助你。即使是力不能及，也可以告诉你如何去莲花峰。他若不告诉你，则路途艰险，荆棘密布，川谷阻绝，你是无法到达的。"

听了黄衣使者的一番话，张县令带着祭祀用的牲畜等，骑马疾驰到岳庙，用千万金向金天王许愿。然后，他直接去往莲花峰。通过指点，他走过一条幽深的小路，共几十里，来到了莲花峰下。再转向东南，只见有一茅草堂，草堂内有一个道士倚着几案而坐。那道士看到张县令，问道："你本应是腐骨秽肉，耗尽精魄之人，怎么还能来到这里？"张县令回答说："钟已鸣，更漏已尽，晨露消散也是顷刻之间，我命也是如此应绝。但我私下里听说仙官您能让腐烂的骨头恢复精魄，让枯骸上长出肌肉。仙官既有好生之德，怎么能吝惜帮我向天帝乞求而呈报奏章呢？"道士答道："我不久之前刚刚为了隋朝一个权臣而请求上奏，被贬谪于此。你对我又有何恩德，想要让我再次贬谪，沦为一个孤守寒山的老头子吗？"听了此话，张县令更加悲切地乞求，可是那位仙官显然更加愤怒。不一会儿，有一个使者拿着一个盒子走了过来，原来是金天王的书信。仙官看过之后，笑着说："既然你的请托、贿赂已到，不答应你的请求，也是很难了。"他又召来使者，要他返回天庭向天帝报告情况，说："这回莫不是又被天帝谴责了！"他打开玉制的书匣，写了一封书信放在里面，焚香叩拜两次，然后让使者送往天帝处。大约过了一顿饭工夫，天符从天而降，其上签了一个"彻"字。仙官收到后，再次焚香，叩拜两次，打开天符。天符上写着："张县令背弃祖宗，窃得名位，又利用名位，假公济私，不顾礼法，暂且偷得官爵声誉。还品质低劣，性格怪僻，聚敛财富，狡猾奸诈，不诚实，让他成为一县的县令，实在是忝居官位；让他拥有千乘之富，全是苟且获得。今天查明，罪已属实，就等着问罪被斩，为什么还写下奏章，请求延续他的性命？但是，扶危济困，是大道崇尚的；解除刑罚，饶恕犯错的人，也是因为尊奉道家。顺应你们一众人等，全是因为我要弘扬德化，希望他能够对其错误有所悔改，但愿能够悔过自新。对于眷恋生命的张县令，酌情延长五年的寿命，然而，写此奏章的人不能无罪。"仙官看后，对张县令说："大凡生活在尘世中人的寿命，都能活到百岁。而喜、怒、哀、乐，是人们为心所役使的根源；爱、憎、喜欢、欲望，这些都是残害身心的源头。而你又能发挥你的才能，掩盖他人的长处。颠倒方寸，顷刻之间，瞬息万变。神思疲倦怠惰，天时虽和，万事也会难全。如同那清清泉水，在酸、甜、苦、辣等多种滋味中流淌，想要让这泉水保持清洌而不腐坏，可能吗？所以我劝你回归正道，不要忘记我的教诲。回去吧，不要再来到这里。"张县令听后，叩拜告辞，再起身时，那道人已经消失了。

张县令又寻找来时的路，心里稍稍觉得平稳、轻松。走了十多里，那个黄衫使者前来向他道贺。张县令说："我想要报答你，希望知道你的姓名。"黄衫使者说："我姓钟，生前是宣城县传递文书的差役。在华阴县身亡，之后就被阴司录用，传递阴符，这样的苦役，劳碌辛苦如同生前一样。"张县令问："怎样才能使你免于这差事的痛苦？"黄衫使者答道："只要你能兑现对金天王许愿的承诺，请他让我不再做传递阴符之人，而变成守门人，那么，我就可以饱享人间供奉的神鬼之食了。现在送阴符文件的时间，我耽搁了半日，不能再停留了。"黄衫吏向张县令告别，随后进入了庙南的枯树林中，在三五步远的地方就消失了。

当晚，张县令停车住在华阴县，决定东归。他先前向金天王许愿，如果要还愿，将要花费两万金。张县令对仆人说："两万金可以养活十个像我这样的家庭，给他们提供物资和粮食，我怎么能接受天地神明的降福，而私下向那土偶人贿赂，给他两万金呢？"第二天清晨，张县令没有去岳庙金天王那里还愿，而是骑了马向东而去，十多天的时间便来到了偃师。当晚，他便在当地的宾馆住下。此时，张县令又见到了那个黄衫小吏，他拿着天符推门就进，斥责张县令说："你竟然如此荒诞无稽！现在大祸临头了。因为你对金天王的许诺没有实现，使我要报答你的一饭之恩，却无始无终。我心中忧愁郁闷，心痛如被毒虫蜇咬。"说完这些话，黄衫吏就消失不见了。顷刻间，张县令就得了疾病。张县令见大事不妙，马上写下遗书留给妻子，可还没有写完，他就离开了人世。

裴沆再从伯

段成式

《裴沆再从伯》出自段成式撰《酉阳杂俎》，宋李昉录于《太平广记》卷四百六十禽鸟一，改题为"裴沆"。

原文

同州①司马裴沆常说，再从伯②自洛中将往郑州。在路数日，晚程偶下马，觉道左有人呻吟声。因披蒿莱寻之，荆丛下见一病鹤，垂翼俛咮③，翅关上疮坏，无毛，且异其声。忽有老人，白衣曳杖，数十步而至，谓曰："郎君年少，岂解哀此鹤耶？若得人血一涂，则能飞矣。"裴颇知道，性甚高逸，遽曰："某请刺此臂血，不难。"老人曰："君此志甚劲，然须三世是人，其血方中。郎君前生非人，唯洛中胡芦生，三世是人矣。郎君此行，非有急切，可能欲至洛中干胡芦生乎？"裴欣然而返。

未信宿④至洛，乃访胡芦生，具陈其事，且拜祈

① 同州：今陕西渭南市大荔县。

② 再从伯：与父同祖而长于父者。

③ 俛咮：咮，鸟嘴。俛咮，鸟嘴向下垂。

④ 信宿：连宿两夜。

之。胡芦生初无难色，开幞取一石合，大若两指，援针刺臂，滴血，下满其合，授裴曰："无多言也。"及至鹤处，老人已至，喜曰："固是信士。"乃令尽其血涂鹤。言与之结缘，复邀裴曰："我所居去此不远，可少留也。"裴觉非常人，以丈人呼之，因随行。

才数里，至一庄，竹落草舍，庭庑狼藉。裴渴甚求茗，老人指一土罂："此中有少浆，可就取。"裴视罂中，有一杏核一扇，大如笠，满中有浆，浆色正白。乃力举饮之，不复饥渴。浆味如杏酪。裴知隐者，拜请为奴仆。

老人曰："君有世间微禄，纵住亦不终其志。贤叔真有所得，吾久与之游，君自不知。今有一信，凭君必达。"因裹一幞物，大如羹椀，戒无窃开。复引裴视鹤，鹤所损处，毛已生矣。又谓裴曰："君向饮杏浆，当哭九族亲情，且以酒色为诫也。"

裴还洛，中路阅其附信，将发之，幞四角各有赤蛇出头，裴乃止。其叔得信，即开之，有物如干大麦饭升余。其叔后因游王屋，不知其终。裴寿至九十七矣。

译文

同州司马裴沇经常说起他的再从伯从洛中赶往郑州途中发生的一件事。那时，他们一行人赶了几天的路。一日傍晚，再从伯偶然听到路边有呻吟的声音。他下马，拨开蒿莱寻找，就在荆棘丛下看见了一只受伤的仙鹤，翅膀耷拉着，嘴巴也向下垂着，翅膀的关节处又生了烂疮，羽毛也脱落了，还发出奇怪的声音。就在这时，忽然出现了一位老人，穿着白色的衣服，拖着拐杖，走了数十步就来到面前，说："郎君你这样年轻，难道也能够理解、哀怜这只仙鹤吗？如果能够得到人的鲜血来涂抹它的伤口，它就能飞了。"再从伯颇懂得天地之道，是个高雅脱俗之人，急忙说道："还请刺破我的胳膊，取出我的鲜血来涂抹，这并不是一件难事。"那白衣老人说："公子你非常有志气，但这人必须是三世为人，他的鲜血才可以用。郎君你的前世并不是人，只有住在洛中的胡芦生是三世为人。郎君此行，如果没有什么急事，可否去洛中寻访胡芦生？"再从伯欣然答应并返回洛中去寻找胡芦生。

不到两日，再从伯就回到了洛阳，寻访到了胡芦生，他把之前发生的事情都告诉了胡芦生，并且跪拜求血。胡芦生刚开始并无难色，打开包袱，拿出一个石盒，有两根手指那么大，引针刺向手臂，滴出鲜血，装满了那个石盒。他交给再从伯，说："不必多说。"再从伯拿着石

盒，赶到了仙鹤所在之处，那白衣老人已到，高兴地说："郎君实在是个守信之人。"他让再从伯把那鲜血全部涂在了仙鹤的疮口处。那老人还说要与再从伯结缘，再次邀请他："我住的地方离此地不远，可以去稍坐片刻。"再从伯觉得那老人不是平常之人，便以"丈人"来称呼他，随着老人前行。

走了几里路，他们来到一处庄园，这里有竹篱草屋，还有庭院，廊屋更是星罗棋布。这时，再从伯口渴，讨要茶喝。老人一指旁边泥塑的神龛，道："这里面有一些浆水，你可以取来喝。"再从伯看了看那土龛，里面有一枚杏核，如斗笠大，里面盛满了白色的琼浆。再从伯尽力举起那枚大杏核，喝下那琼浆，喝过之后，便感觉饥渴全无了。那味道如同杏酪一般。再从伯知道那老人必是世外高人，便下拜请求成为他的奴仆。

老人说："你在人世间尚有些小小的官禄，即使你住我这里，也不能完成你的志向。你的叔叔是有所成就的，我与他交往了很长时间，你自然是不知道。我这有一封信，还请你转交给他。"说完，他就把信放在一个碗大的包袱里，告诫再从伯千万不要私自打开。之后，他又带着再从伯去看那仙鹤，只见那受伤的地方长出了新鲜的羽毛。老人又对再从伯说："你刚才喝下的杏浆，能使你的寿命长过你的九族亲戚，但是要控制酒色。"

再从伯返回洛阳的途中，想要打开那包袱看看里面的信，可是刚要动手，那包袱的四个角就各钻出一个红色的蛇头，他只得停下手来。他的叔叔得到那包袱后，打开它，只见里面是像干大麦一样的东西，有一升多。他的叔叔后来去王屋山游历，随即就消失了踪迹。而再从伯本人，一直活到了九十七岁。

华州参军

温庭筠

原文

华州柳参军，名族之子，寡欲，早孤，无兄弟。罢官，于长安闲游。上巳日，于曲江见一车子，饰以金碧，半立浅水之中。从一青衣，殊亦俊雅。已而翠帘徐褰①，见掺手②如玉，指画青衣，令摘芙蕖。女之容色绝代，斜睨柳生良久。柳生鞭马从之，即见车入永崇里③。柳生访其姓崔氏，女亦有母。有青衣，字轻红。柳生不甚贫，多方赂轻红，竟不之受。

他日，崔氏母有疾，其舅执金吾④王，因候其妹，见其美，请为子纳焉。崔氏不乐，其母不敢违兄之命。女曰："愿嫁得前时柳生足矣。必不允，以某与外兄，终恐不生全。"其母念女之深，乃命轻红于荐福寺僧

《华州参军》出自温庭筠撰《乾馔子》，宋李昉录于《太平广记》卷三百四十二鬼二十七。

① 褰：揭起。

② 掺手：握手。

③ 永崇里：长安里坊名，在曲江西北方向，相隔四五坊。

④ 金吾：官名，掌管京城治安。

道省院达意。柳生聆轻红所说，因挑轻红。轻红大怒曰："君性正麤⑤狂！奈何小娘子如此待于君？某一微贱，便忘前好，欲保岁寒，其可得乎？某且以足下事白小娘子。"柳生再拜，谢不敏然。始曰："夫人惜小娘子情切，今小娘子不乐适王家，夫人是以偷成婚约，君可三两日内就礼事。"柳生极喜，自备数百千财礼，期内结婚。

后五日，柳挈妻与轻红于金城里居。及旬月外，金吾到永崇，其母王氏泣云："某夫亡，子女孤独，被侄不待礼会，强窃女去矣，兄岂无教训之道？"金吾大怒，归答其子数十。密令捕访，弥年无获。无何，王氏殂，柳生挈妻与轻红自金城里赴丧。金吾之子既见，遂告父。父擒柳生，生云："某于外姑名王氏处纳采娶妻，非越礼私诱也，家人大小皆熟知之。"王氏既殁，无所明，遂讼于官。公断王家先下财礼，合归王家。金吾子常悦慕表妹，亦不怨前横也。

经数年，轻红竟洁己处焉。金吾又亡，移其宅于崇义里。崔氏不乐事外见，乃使轻红访柳生所在。时柳生尚居金城里，崔氏又使轻红与柳生为期。兼赍看圃

⑤ 麤：同"粗"。

竖，令积粪堆与宅垣齐。崔氏女遂与轻红蹑之，同诣柳生。柳生惊喜，又不出城，只迁群贤里。后本夫访寻崔氏女，知群贤里住，复兴讼，夺之。王生深恨，崔氏万途求免，托以体孕，又不责而纳焉。柳生长流江陵。二年，崔氏与轻红相继而殁。王生送丧，哀恸之礼至矣。轻红亦葬于崔氏坟侧。

柳生江陵闲居。春二月，繁花满庭，追念崔氏女，凝想形影，且不知存亡。忽闻叩门甚急，俄见轻红抱妆奁而进，乃曰："小娘子且至。"闻似车马之声，比崔氏女入门，更无他见。柳生与崔氏叙契阔，悲欢之甚。问其由，则曰："某已与王生诀，自此可以同穴矣。人生意专，必果夙愿。"因言曰："某少习乐，箜篌中颇有功。"柳生即时买箜篌，调弄绝妙。二年间，可谓尽平生矣。无何，王生旧使苍头⑥过柳生之门，见轻红，惊不知其然，又疑人有相似者，未敢遽言。问闾里，又云流人柳参军，弥怪，更伺之。轻红亦知是王生家人，因具言于柳生，匿之。

王生苍头却还城，具以其事言于王生。王生闻之，命驾千里而来。既至柳生之门，于隙窥之，正见柳生坦

⑥ 苍头：奴仆。

腹于临轩榻上，崔氏女新妆，轻红捧镜于其侧。崔氏匀铅黄未竟，王生门外极叫，轻红镜坠地，有声如磬。崔氏仓黄奔入，遂告柳生。生惊，待如宾礼。俄又失崔氏所在。柳生与王生从容言之，二人相看不喻，大异之。相与造长安，发崔氏所葬验之，即江陵所施铅黄如新，衣服肌肉且无损败，轻红亦然。柳与王相誓，却葬之。二人入终南山访道，遂不返焉。

译文

华州的柳参军，是名门望族的后裔，清心寡欲，很早就成了孤儿，没有兄弟。罢官后，就在长安闲逛。三月初三这一日，他在曲江上看到了一辆车子，装饰着黄金和碧玉，一半立在浅水之中。车子的旁边还有一个婢女，很是秀美文雅。不久，只见那珠帘慢慢掀起，一只手洁白如玉，向婢女指画着，让她去采摘江中的荷花。再看那女子，姿容绝代，斜着眼睛长久地注视着柳生。柳生被这女子深深吸引了，骑着马跟随着她，就看见这辆车子进入了永崇里。柳生寻访得知，女子姓崔，还有一个母亲。她身边的婢女叫轻红。柳生有点银两，不是很穷，便多方贿赂轻红，但轻红竟然没有接受。

有一日，崔氏的母亲患了疾病，她的舅舅姓王，是京城的金吾，在问候崔氏母亲的时候，看到外甥女生得貌美如花，就向她的母亲为自己的儿子求娶崔氏。崔氏本不愿意，但是她的母亲又不敢违抗自己的兄长的命令。崔氏说："我希望嫁给之前在曲江边上看到的那个姓柳的书生，这样我就心满意足了。如果不被允许，那么我与表兄的婚姻恐怕终究不能保全。"崔氏的母亲非常在意女儿的想法，就让轻红去荐福寺的和尚道省的院子里向柳生传达女儿的意思。那柳生听完轻红的话，竟然挑逗起轻红来。轻红大怒道："公子你太狂妄了！奈何我们家小姐对你那么一往情深！我只是一个卑贱的丫头，如果因为你忘记小姐对我的恩德，想要保持自己的节操，这样可以吗？我会把你的事全部告诉我家小娘子。"柳生听了轻红的话，感到惭愧，便向轻红行了两次拜礼，为自己的不明事理而道歉。轻红开始说："我们家夫人怜惜小姐情深意切，现在小姐不愿意嫁给王家，所以夫人就偷偷地命你们完婚，公子可以在两三日内完成婚礼。"柳生高兴极了，立刻准备了百千彩礼，在约定的期限与崔氏完婚。

五日之后，柳生便携着妻子与轻红来到金城里居住。过了一个多月，王金吾就来到永崇里与崔氏的母亲商议儿子的婚事。崔氏的母亲则哭着说："我的丈夫过世了，只有一个女儿孤孤单单，又不被侄儿以礼相待，偷偷抢走了我的女儿，带她离开，哥哥难道没有教训他？"王金吾听后，非常生气，回到家便打了儿子数十鞭，并且秘密地命令属下去追捕寻访崔氏，足足一年，还是一无所获。不久，崔氏的母亲王氏去世，柳生带着妻子崔氏和轻红从金城里赶来奔丧。王氏的侄子看到他们，立刻告诉了父亲，抓住了柳生。柳生说："妻子崔氏是我从岳母王氏那里明媒正娶的，并非越礼私自诱骗的，家里老少都知道这件事。"但是，王氏已死，没有什么可以证明的，王金吾就告到了官衙。而官衙断案的结果是，因为是王家先下的财礼，所以崔氏理应嫁给王家。王氏的侄子因为一直喜欢表妹，也不再埋怨之前崔氏的蛮横无礼。

过了几年，轻红竟然保持了自己的贞洁，与他们相处在一起。王金吾过世，他们又搬回到崇义里居住。崔氏不愿意侍奉表兄，就让轻红去寻找柳生。原来那次官司之后，柳生还住在金城里，崔氏又让轻红与柳生约定时间，又赏赐给看园子的僮仆，让他们积攒很多的牛粪，然后把它们堆在一起，堆到与院墙同高。这一切都做好之后，崔氏就与轻红踩着堆起的牛粪跳出了院墙，从王家跑了出来，一起来到了柳生的家里。柳生看到二人，又惊又喜，他们也没出城，只是又搬到了群贤里。后来，王生来寻访崔氏，知道她又和柳生住在了群贤里，又去报了官。官司再次打赢，王生又夺回了崔氏。但王生已生起怨恨，崔氏则千方百计请求免除惩罚，又以怀孕为由推脱，王生不忍心责备，重新接纳了崔氏。柳生则长流江陵。两年之后，崔氏与轻红相继死去。王生送葬，哀伤难过到了极点。轻红也被埋葬在崔氏的坟边。

　　柳生在江陵闲居。早春二月，庭院清晨繁花似锦，柳生更加思念崔氏，凝想其形其影，尚且不知道崔氏的生死。忽然听到门外响起一阵急促的敲门声，然后柳生就看见轻红抱着妆奁走进院子里，说道："小娘子马上到了。"然后，柳生就听到了好似车马走过的声音，等到崔氏进入院门，柳生也没有看见车和马。柳生与崔氏诉说着久别的情怀，一会儿哭，一会儿笑，悲伤和欢乐都达到了极点。柳生问崔氏为何会来。崔氏回答说："我已与王生诀别，从此咱们可以生活在一起，生死同穴了。人生只要专一，一定会实现夙愿。"接着，她又说道："我幼时便学习音乐，在学习箜篌方面下了许多功夫。"听到这话，柳生立即买回了箜篌，崔氏拨弄得非常美妙。两年间，两人可谓享受了人间的至乐。不久，王生家的老奴仆路过柳生家的门口，看到了轻红，大吃一惊，但也不知道究竟是怎么回事，却又怀疑可能是与轻红相似之人，没敢马上说出来。他又问了问坊里的其他人，都说那家主人是被流放到这里的柳参军，那老仆人就更加奇怪了，就又去探查一番。轻红知道那是王生家的人，就把发生的一切告诉了柳生，然后躲藏了起来。

　　那个老仆人回到崇义里之后，将此事详细地告诉了王生。王生听说后，连忙驾着马车行了千里来到江陵。到了柳生家门口，在门缝中偷看，正瞧见柳生袒露着肚子，躺在临轩榻上，崔氏在梳妆打扮，轻红则在崔氏的身边捧着花镜。崔氏还没有将铅黄涂抹均匀，王生便在门外大声喊叫，轻红手中的花镜一下子掉到了地上，声音响亮如磬。崔氏仓皇奔入屋内，告诉柳生。柳生很惊讶王生为何到此，但也以礼相待。可是不一会儿，崔氏就消失了。可柳生与王生还在从容地谈论着，二人彼此相望，都不明白究竟发生了什么，非常奇怪。于是，二人一起来到了长安，打开崔氏的棺木来检验，只见崔氏脸上那日在江陵所施的铅黄，还像是新的一样，衣服、身上的肌肉也没有损坏腐败，轻红也是如此。之后，柳生与王生便许下誓言，不再打扰崔氏，然后再次埋葬了她。最终，二人一同进入终南山访道，从此再也没有回过长安。

消面虫

张读

原文

吴郡陆颙，家于长城之东，其世以明经①仕。颙自幼嗜面，为食愈多而质愈瘦。及长，从本郡贡于礼部，既下第，遂为生太学中。后数月，有胡人数辈挈酒食诣其门。既坐，顾谓颙曰："吾南越人，长蛮貊②中，闻唐天子网罗天下英俊，且欲以文物③化动四夷，故我航海梯山④来中华，将观太学文物之光。惟吾子峨焉其冠，襜⑤焉其裾，庄然其容，肃然其仪，真唐朝儒生也，故我愿与子交欢。"颙谢曰："颙幸得籍于太学，然无他才能，何足下见爱之深也？"于是相与酬燕，极欢而去。

颙信士也，以为群胡不我欺。旬月，群胡又至，持金缯为颙寿。颙志疑其有他，即固拒之。胡人曰："吾

《消面虫》出自张读撰《宣室志》，宋李昉录于《太平广记》卷四百七十六昆虫四，改题为"陆颙"。

① 明经：汉以明经射策取士。隋炀帝置明经、进士二科，以经义取者为明经，以诗赋取者为进士。宋改以经义论策试进士，明经始废。

② 蛮貊：本指南蛮、北狄。后比喻四方未开化的民族。

③ 文物：礼乐典章。

④ 航海梯山：翻越山岭，渡过海洋。比喻长途跋涉，经历险阻。

⑤ 襜（chān）：衣服整齐、飘动有致的样子。

子居长安中，惶惶然有饥寒色，故持金缯，为子仆马一日之费，所以交君子欢尔，岂有他哉！幸勿疑我也。"颙不得已，受金缯。及胡人去，太学中诸生闻之，偕来谓颙曰："彼胡率⑥好利，不顾其身，争米盐之微，尚致相贼杀者，宁肯轻金缯为君寿乎？且太学中诸生甚多，何为独厚君耶？是必有故。君匿身郊野间，以避再来也。"颙遂侨居于渭上，杜门不出。

仅月余，群胡又诣其门。颙大惊，胡人喜曰："比君在太学中，我未得尽言。今君退处郊野，果吾心也。"既坐，胡人挈颙手而言曰："我之来，非偶然也。盖欲富君尔，幸望知之。且我所祈，于君固无害，于我则大惠也。"颙曰："谨受教。"胡人曰："吾子好食面乎？"曰："然。"又曰："食面者非君也，乃君肚中一虫尔。今我欲以一粒药进君，君饵之，当吐出虫。则我以厚价从君易之，其可乎？"颙曰："若诚有之，又安有不可耶？"已而，胡人出一粒药，其色光紫，命饵之。有顷，遂吐出一虫，长二寸许，色青，状如蛙。胡人曰："此名消面虫，实天下之奇宝也。"颙曰："何以识之？"胡人曰："吾尝见宝气亘天，起于

⑥ 率：大概，大都。

太学中，故我特访而取之。然自一月余，清旦望之，见斯气移于渭水上，果君迁居焉。夫此虫禀天地中和之气而生，故好食面。盖以麦自秋始种，至来年夏季方始成实，受天地四时之全气，故嗜其味焉。君宜以面食之，可见矣。"颙即以数斗余致其前，虫乃食之立尽。颙又问曰："此虫安使用也？"胡人曰："夫天下之奇宝，俱禀中和之气，此虫乃中和之粹也。执其本而取其末，其远乎哉！"既而以函盛其虫，又金箧扃之，命颙致于寝室。谓颙曰："明日当自来。"及明旦，胡人以十辆车辇，金玉绢帛约数万，献于颙，共持金函而去。颙自此大富，治园田，为养生具，日食粱肉，衣鲜衣，游于长安中，号豪士。

　　仅岁余，群胡又来，谓颙曰："吾子能与我偕游海中乎？我欲探海中之奇宝，以夸天下，而吾子岂非好奇之士耶？"颙既以甚富，素享闲逸自遂，即与群胡俱至海上。胡人结宇而居，于是置油膏于银鼎中，扚⑦火其下，投虫于鼎中练之，七日不绝燎。忽有一童，分发，衣青襦，自海中出，捧白玉盘，盘中有径寸珠甚多，来献胡人。胡人大声叱之。其童色惧，捧盘而去。仅食

⑦ 扚：古同"扚"。

顷，又有一玉女，貌极冶，衣霞绡之衣，佩玉珥珠，翩翩自海中而出，捧紫玉盘，中有珠数十，来献胡人。胡人叱之，玉女捧盘而去。俄有一仙人，戴瑶碧冠，被霞衣，捧绛帕籍，籍中有一珠，径二寸许，奇光泛空，照数十步。仙人以琛献胡人，胡人笑而授之。喜谓颢曰："至宝来矣。"即命绝燎。自鼎中收虫，置金函中。其虫虽炼之且久，而跳跃如初。胡人吞其珠，谓颢曰："子随我入海中，慎无惧。"颢即执胡人佩带，从而入焉。其海水皆豁开数步，鳞介之族，俱辟易而去。乃游龙宫，入蛟室，奇珍怪宝，惟意所择。才一夕，而其获甚多。胡人谓颢曰："此可以致亿万之资矣。"已而又以珍贝数品遗颢。径于南粤获金千镒，由是益富。其后竟不仕，老于闽越，而甲于钜室也。

译文

　　吴郡有一个人叫陆颢，家住在长城以东，他家世代都是通过科举考试而走上仕途的。陆颢从小就喜欢吃面食，但吃得越多，身体越瘦。等到他长大，便以本郡贡生的身份去礼部参加会试，但是也没有考中，成了太学的学生。几个月之后，有几个胡人带着酒食来到他的住处。几个人坐定之后，其中一人望着陆颢，对他说："我是南越人，在蛮夷中间长大，听闻大唐天子正在网罗天下豪俊，并且想要用大唐礼乐典章来教化四方蛮夷，所以我跨过海洋，越过高山来到中华，想要看一看大唐最高学府的礼乐典章散发的光芒。看您头戴高冠，衣襟飘动，面容谨严持重，仪态严肃，真不愧是大唐的儒生，所以我非常希望与您结交。"陆颙表示感谢，说道："我侥幸能够进入太学，但是并没有其他的才能，您怎么会竟然如此喜欢我呢！"说完，他就与那些胡人一同吃喝，纵情欢笑。吃饱喝足，那些胡人才离去。

　　陆颙是一个诚实可信的人，他认为之前的那几个胡人没有欺骗自己。一个月之后，那几个胡人再次找来，拿着黄金和丝绸为陆颙庆贺生辰。陆颙见状，便开始怀疑这几个胡人还有其他的事情相求，就坚定地回绝了。胡人却说："您虽然住在长安，却每日惶惶不安，又有饥寒之色，所以就带着黄金和丝绸送给您，作为您一个仆人和一匹马一天所需的费用，所以和您结交我们确实很高兴，怎么能有其他的想法呢！希望您不要怀疑我们。"陆颙不得已接受了这些黄金和丝绸。等到胡人离开，太学中的其他儒生听说了这件事，一同前来对陆颙说："胡人大多喜欢逐利，他们会不顾性命去追逐蝇头小利，为了争夺如米盐之类的小东西，尚且能导致他们相互残害，难道能为了给你祝寿而牺牲黄金和丝绸吗？况且太学中有那么多的儒生，为什么偏偏厚待你？一定是有原因的。你去躲藏在郊外，以免这些胡人再来寻你。"听了这些话，陆颙就暂且寄居在渭上，闭门不出。

仅仅一个月之后，那几个胡人又来到渭上拜访。陆颙大惊失色，而那个胡人高兴地说："之前你在太学中，我没能把话都说出来。现在您离开太学，来到郊外，果然符合我的心意。"胡人坐下之后，拉着陆颙的手说道："我们来这里，不是偶然的。本是想要让您成为富裕的人，希望您知道。况且我所乞求的，对于您来说，本没有什么害处，对我则更是大大有利。"陆颙听了之后，说："愿意听您的指教。"胡人说："您喜欢吃面食吗？"陆颙答道："喜欢。"胡人又说："喜欢吃面食的并不是你，而是你肚子里的一只虫子。今天我要把一粒药给你，你把它吞进肚子里，就能把虫子吐出来了。之后我们用高价从你的手中买回那只虫子，可以吗？"陆颙回答："如果我的肚子里真的有虫子，又有什么不可以的呢？"于是，那胡人就拿出一粒药，是亮紫色的，让陆颙吞下去。不一会儿，陆颙就吐出了一条虫子，长两寸多，是青色的，形状像青蛙一样。胡人说："这种虫子叫消面虫，实在是天下的奇宝。"陆颙问道："你们是怎么知道的？"胡人说："我曾经看见满天的宝气，是起源于太学中的，所以我们特意来寻访，要找到它。但从一个月之前开始，我早上再望向天空时，那宝气又移到了渭水之上，果然是你搬到了这里。那虫子禀承了天地中和之气，应运而生，所以喜欢吃面。因为小麦是从秋天开始耕种，到了第二年的夏天，才结成果实，接受天地四时之气，所以那虫子喜欢小麦的味道。你如果用面来喂它，就可以看得到了。"陆颙随后拿了数斗面放在那虫子面前，那虫子马上吃了个干干净净。陆颙又问道："这虫子可以用来做什么？"胡人说："那天下的珍奇宝贝，都是禀承天地中和之气，这只虫子更是中和之气的精华。用它可以来寻找其他至宝。如果不用它去寻宝，就如同舍本逐末，那不是远了吗？"过了一会儿，胡人就用一个匣子盛着那消面虫，又把这匣子装在黄金的盒子里，锁上，让陆颙放到卧室里。然后，胡人对他说："明天我们还会来。"到了第二天清晨，胡人把十辆车辇、金玉绢帛大约数万金都进献给了陆颙。胡人们则一起拿着那个装着消面虫的黄金盒子离开了。陆颙从此大富大贵，购置了园田，置备了各种生活用品，每天大鱼大肉，穿着新衣，在长安城中闲逛，号称豪士。

仅仅过了一年，先前的那几个胡人再次到来，对陆颙说："您能与我们一起去海中游玩吗？我们想去海中探求奇宝，来向天下人夸耀，而您不也是一个好奇之人吗？"陆颙很富有了，又向来享受闲散安逸，就答应了那些胡人，与他们一起来到了海上。胡人们在船上建造起房屋，住在里面，里面放着一个银鼎，在银鼎中装满油膏，在银鼎下点上火，把之前从陆颙那儿买来的消面虫放入鼎中去炼，一连七日而火不绝。七日后，忽然出现一个孩童，头发分开，穿着青衣，从海中出现，捧着白玉盘，玉盘中有很多珍珠，直径都有一寸，那孩童要把这些珍珠进献给胡人。而胡人大声呵斥他。那个孩童害怕起来，捧着玉盘逃走了。仅仅

一顿饭的工夫，又有一个美丽的女子，容貌极其冶艳，穿着轻纱，佩着宝玉，耳朵上还装饰着珍珠，从海面上翩翩而至，手捧紫玉盘，里面也有数十枚珍珠，献给胡人。胡人再次呵斥，这女子也捧着玉盘逃走了。

之后又来了一个仙人，头戴瑶碧冠，身披霞衣，手捧绛红色的书册，书册中有一枚珍珠，直径两寸多，发出的奇光映满天空，能照亮数十步之远。仙人把这枚珍珠献给胡人。这次，胡人笑着接受了，并且高兴地对陆颙说："天下之至宝终于到手了。"他们随即命令熄灭了鼎下的火，把鼎中的消面虫收了起来，放回金盒中。那虫子虽然被炼了很久，跳跃如初。胡人吞掉了那颗珍珠，对陆颙说："你随我跳到海里，千万别害怕。"陆颙随即抓着胡人的佩带，跟着跳入了海中。只见那海水豁开了数步宽的口子，而鱼虾之族，都退避三舍。他们同游龙宫，进入了蛟人住的地方，奇珍异宝随心意而取之。只有一个晚上，他们收获非常多。胡人又对陆颙说："这些宝贝可以换得亿万之资了。"之后，胡人又把几种珍贵的宝贝送给了陆颙。陆颙上了岸，回长安之前路过南粤，在那里贩卖了珍宝，获得了黄金千镒，从此，陆颙更加富有。此后，他竟然放弃了仕途，最终在闽越养老，富甲一方。

李徵

张读

原文

陇西李徵，皇族子，家于虢略。徵少博学，善属文[1]，弱冠从州府贡焉，时号名士。天宝十五载春，于尚书左丞阳浚榜下登进士第。后数年，调补江南尉。徵性疏逸，恃才倨傲，不能屈迹卑僚，尝郁郁不乐。每同舍会，既酣，顾谓其群官曰："生乃与君等为伍耶？"其寮友[2]咸嫉之。及谢秩[3]，则退归闭门，不与人通者近岁余。后迫衣食，乃具妆东游吴楚之间，以干郡国长吏。吴楚人闻其声固久矣，乃至，皆开馆以俟之，宴游极欢。将去，悉厚遗以实其囊橐。徵在吴楚且周岁，所获馈遗甚多。西归虢略，未至，舍于汝坟逆旅中。忽被疾发狂，鞭捶仆者，仆者不胜其苦。如是旬余，疾益

《李徵》出自张读撰《宣室志》，宋李昉录于《太平广记》卷四百二十七虎二。

① 属文：连缀字句而成文，指写文章。

② 寮友：同僚。

③ 谢秩：谓任期满而离职。

甚。无何，夜狂走，莫知其适。家僮迹其去而伺之，尽一月，而徵竟不回。于是仆者驱其乘马，挈其囊橐而远遁去。

至明年，陈郡袁傪以监察御史奉诏使岭南，乘传至商於界。晨将发，其驿吏白曰："道有虎暴而食人，故过于此者，非昼而莫敢进。今尚早，愿且驻车，决不可前。"傪怒曰："我天子使，后骑极多，山泽之兽能为害耶？"遂命驾去。行未尽一里，果有一虎自草中突出，傪惊甚。俄而虎匿身草中，人声而言曰："异乎哉，几伤我故人也。"傪聆其音似李徵者。傪昔与徵同登进士第，分极深，别有年矣。忽闻其语，既惊且异，而莫测焉。遂问曰："子为谁？得非故人陇西子乎？"虎呻吟数声，若嗟泣之状。已而谓傪曰："我李徵也。君幸少留，与我一语。"

傪即降骑，因问曰："李君，李君，何为而至是也？"虎曰："我自与足下别，音塵④旷阻且久矣。幸喜得无恙乎？今又去何适？向者见君有二吏驱而前，驿隶挈印囊⑤以导，庸非为御史而出使乎？"傪曰："近者幸得备御史之列，今奉使岭南。"虎曰："吾子以

④ 音塵：同"音尘"，即音信、消息。

⑤ 印囊：古代装印信的口袋。

文学立身，位登朝序，可谓盛矣。况宪台清峻，分纠百揆⑥，圣明慎择，尤异于人。心喜故人居此地，甚可贺。"俦曰："往者吾与执事同年成名，交契深密，异于常友。自声容间阻，时去如流，想望风仪，心目俱断。不意今日获君念旧之言。虽然，执事何为不我见，而自匿于草莽中？故人之分，岂当如是耶？"虎曰："我今不为人矣，安得见君乎？"

俦即诘其事，虎曰："我前年客吴楚，去岁方还，道次汝坟，忽婴疾⑦发狂，走山谷中。俄以左右手据地而步，自是觉心愈狠，力愈倍。及视其肱髀，则有氂毛生焉。自是，见冕而乘者，徒而行者，负而奔者，翼而翔者，毳⑧而驰者，则欲得而啗之。既至汉阴南，以饥肠所迫，值一人腯⑨然其肌，因擒以咀之立尽，由此率以为常。非不念妻孥，思朋友，直以行负神祇，一日化为异兽，有觍⑩于人，故分不见矣。嗟夫！我与君同年登第，交契素厚，君今日执天宪，耀亲友。而我匿身林薮，永谢人寰，跃而吁天，俛而泣地，身毁不用，是果命乎？"因呼吟咨嗟⑪，殆不自胜，遂泣。俦且问曰："君今既为异类，何尚能人言耶？"虎曰："我今形变

⑥ 百揆：指各种政务。

⑦ 婴疾：为疾病所困。

⑧ 毳（cuì）：鸟兽的细毛。

⑨ 腯（tú）：肥。

⑩ 觍（tiǎn）：惭愧。

⑪ 咨嗟：叹息。

而心甚悟，故有撞突⑫，以悚以恨，难尽道耳。幸故人念我，深恕我无状之咎，亦其愿也。然君自南方回车，我再值君，必当昧其平生耳。此时视君之躯，犹吾机上一物。君亦宜严其警从以备之，无使成我之罪，取笑于士君子。”

又曰：“我与君真忘形之友也。而我将有所托，其可乎？”像曰：“平昔故人，安有不可哉？恨未知何如事，愿尽教之。”虎曰：“君不许我，我何敢言？今既许我，岂有隐耶？初我于逆旅中，为疾发狂，既入荒山，而仆者驱我乘马衣囊悉逃去。吾妻孥尚在虢略，岂知我化为异类乎？君自南回，为我赍书⑬访妻子，但云我已死，无言今日事。幸记之。”又曰：“吾于人世且无资业，有子尚稚，固难自谋。君位列周行，素秉风义，昔日之分，岂他人能右哉！必望念其孤弱，时赈其乏，无使殍死于道途，亦恩之大者。”言已，又悲泣。像亦泣曰：“像与足下休戚同焉。然则足下子亦像子也，当力副厚命，又何虞其不至哉？”虎曰：“我有旧文数十篇，未行于代，虽有遗稿，当尽散落。君为我传录，诚不敢列人之阈，然亦贵传于子孙也。”像即呼

⑫ 撞突：冲撞。

⑬ 赍书：送信。

仆命笔，随其口书，近二十章，文甚高，理甚远。傪阅而叹者至于再三。虎曰："此吾平生之素业，又安得寝而不传欤？"又曰："君衔命乘传，当甚奔迫，今久留，驿隶兢悚万端。今则与君永诀，异途之恨，何可言哉！"傪亦与之叙别，久而方去。

傪自南回，遂专命持书及赗赙^⑭之礼，讣于徵子。月余，徵子自虢略来京诣傪门，求先人之柩。傪不得已，具疏其事。自是傪以己俸均给徵妻子，免饥冻焉。傪后官至兵部侍郎。

⑭ 赗赙（fèng fù）：因助办丧事而以财物相赠。

译文

陇西有个叫李徵的人，是皇族的后裔，家住在虢略。李徵年少时便学识渊博，善于写文章，二十岁就得到州府的推荐成为贡生，当时被称为名士。天宝十五年春天，他在尚书左丞阳浚主考的科举考试中，考中了进士。几年之后，他被调补担任了江南尉。李徵性情淡泊超逸，自负其才，目空一切，不能在卑下的官僚中卑躬屈膝，经常郁郁寡欢。每次同僚聚会，酒酣之时，他会看着其他同僚说："我怎么会与你们这些人为伍呢？"他的同僚因此都嫉恨他。等到任职期满离职之时，李徵选择退居归隐，闭门不出，不与任何人往来，这样将近一年。后来为生活所迫，他准备好衣物，向东去了吴楚之地，想求得郡国长吏的俸禄。吴楚之地的人很早就听说李徵的声名，等到李徵到来，都大开馆舍之门等候他，招待他休闲游乐，非常畅快。李徵要离开之时，他们厚赠给他很多东西，充实他的行囊。李徵在吴楚之地将近一年，得到的馈赠也很多。他准备回到家乡虢略，还没回到家乡，途中住在汝坟的一家客栈中。他忽然就生了疾病，发起狂来，用鞭子抽打仆人，打得仆人无法忍受。就像这样，李徵发病了十多天，病情更加严重了。没过多久，他在夜间发狂，跑掉了，也没人知道他去了哪里。仆人循着他跑的方向去寻找、等待，但一个月过去了，李徵竟然没有回来。他的仆人就骑着他的马，带着他的行囊，远远地逃走了。

到了第二年，陈郡的袁傪以御史的身份奉皇帝的诏令出使岭南，乘坐驿车来到商於地界。清晨，将要出发的时候，驿吏说："这条路上有残暴的猛虎出现，会吃人，路过此地的人，不是白天都不敢前行。现在太早了，还请再停留一会儿，绝不能现在就走。"袁傪则生气地说道："我是天子的使臣，后面的人马极多，一个山泽间的野兽，怎么伤害得了我？"他命令继续前行。走了还没有一里地，果然有一只老虎突然从草丛中跳了出来，扑向袁傪。袁傪非常吃惊。过了一会儿，那只老虎又藏在了草丛中，用人的声音说道："真是奇怪啊，差点伤了我的老朋友。"袁傪听声音，觉得好像是李徵的。他以前与李徵是同榜的进士，交情深厚，两人分开很多年了。今天他忽然听见李徵的声音，既感到惊讶，又感到奇怪，但无法推测判断。他问道："你是谁？难道是我的老友，那个陇西人吗？"那只老虎呻吟了几声，好像哭泣的样子。过了一会儿，老虎对袁傪说："我正是李徵。希望你稍留片刻，与我说说话。"

袁傪立即下了马，问道："李君啊李君，你怎么会弄到如此地步

呢？"老虎说："我自从与你分别，音信全无很久了。庆幸的是，你还无恙。如今，你要去哪儿？之前我看见你有两个下属骑马在前，而驿吏也拿着印囊引导，难道你是作为御史去出使吗？"袁傪回答说："我刚刚有幸成为御史，如今奉命出使岭南。"老虎又说："您是以文学立身的，现在位列朝野之中，可谓荣盛之极。况且兄台廉洁高尚，能够处理各种政务，英明智慧，小心谨慎，更是与人不同。我很高兴老朋友你能获得这样的地位，可喜可贺。"袁傪说："以前我与你同年登第成名，交情很深，与别人自是不同。自从你我分别，时间如流水一般逝去，想见你的风采仪容，真是望眼欲穿。没想到今天能听见你这番念旧之言。既然如此，你为何不见我，还要躲藏在草丛之中？你我老朋友的情分，就只是这样吗？"老虎说："我现在已经不是人了，怎么能与你见面呢？"

袁傪便追问起这件事。老虎说："我前年客居吴越，去年要回到故乡，途中在汝坟投宿，忽然患了疾病，发起狂来，就逃到了山谷中。不久，我就用双手抓地行走，从此感觉自己的心更狠，力气加倍增大。再看我的胳膊和大腿，又长出毛来。从此，我一看见戴着礼帽乘着车的，徒步而行的，背着东西跑的，有翅膀在天空中飞行的，身上长着羽毛飞奔的，就想得到它并且吃掉它。到了汉阳以南，我饥肠辘辘，正好赶上有一个人，样子肥胖，就捉住并且吃了他。自此，我吃人就成了常有的事。我不是不思念妻儿，不是不想念朋友，只是因为我的所为有负于先人祖宗，一旦变成野兽，则有愧于人，所以就不与你相见了。天哪！我与你同年进士及第，交情向来深厚，你今日执掌朝廷法令，光宗耀祖。而我藏身在深林中，与人间永隔，呼天抢地，身体被毁而无用，这果真是命吗？"这老虎嗟叹不已，几乎不能忍受了，又哭泣起来。袁傪又问："你现在既然已经不是人类，为何还能说人话？"老虎说："现在我虽然身体变了形，但心里是清楚明白的，所以这中间会有些冲突，又害怕，又怨恨，难以全部说明。很庆幸，老朋友想起我，能宽恕我不可说明的罪过，这也是我的心愿。然而，当你从南方返回的时候，我如果再次遇到你，一定会忘掉一切的过往。此时此刻我看见你的身体，就好像我的猎物。你应该严加警戒来防备我，不要成就我的罪过，被君子们取笑。"

老虎又说："我与你真算得上是忘形之交，而我也有事情相托，可以吗？"袁傪回答："你我多年老友，怎么不可以呢？遗憾的是不知道是何事，请尽管言明。"老虎说："你不答应我，我怎么敢说？现在既然答应了我，怎么还会有隐瞒？当初我住在汝坟的客栈，因病而发狂，跑到荒山里，我的仆人骑着我的马、带着我的行囊逃跑了。而我的妻儿还在虢略老家，他们哪里会知道我已经不是人类？你从南方回来后，替我给我的妻子送个信，只说我已经死了，不要说今天你看到的事。希望你能记住。"然后，老虎又说："我在人间也没有财产，一个儿子尚且年幼，实在难以谋生。你位列朝臣，又素来主持公正，有情有义，你我往日情谊，哪里是别人能及得上的？希望你能念及他们孤弱，时常资助他们，不要让他们饿死在路途中，这对于我而言，就是大恩德了。"说完这番话，李徵又悲伤地大哭起来。袁傪也哭泣着说："我与你休戚与共。既然如此，你的儿子也就是我的儿子，我当竭尽全力，又为何要担心我做不到呢？"老虎说："我有数十篇旧文，没有流行于当世，虽然有遗稿，但也全都散佚了。你替我抄录下来，实在不敢排在名家之列，但是传给子孙，那也是富贵的。"袁傪听后，马上叫来仆人，命他拿出纸笔，随着老虎的口述而抄录下来，一共近二十章，文格很高，文理深远。袁傪反复地读，读后又叹息。老虎说："这是我平生所习，不传给后代，又怎能安寝呢？"老虎又说道："你今天奉命出使，应该紧迫匆忙，现在耽搁了这么久，驿隶应该非常恐惧了。今天我与你永诀，从此各走各路，这种遗憾怎么能说得尽呢！"袁傪也与老虎告别，很久才离去。

袁傪从岭南回来，特意命人拿着书信以及财物，向李徵的儿子报告其父死亡的消息。一个多月之后，李徵的儿子从虢略来到京城拜访袁傪，请求要回父亲的灵柩。袁傪没有办法，把事情始末告诉了李徵之子。从此，袁傪把俸禄匀出一部分，给了李徵的妻儿，以免他们挨饿受冻。袁傪后来做官一直做到兵部侍郎。

吴堪

皇甫氏

原文

常州义兴县，有鳏夫吴堪，少孤，无兄弟。为县吏。性恭顺。其家临荆溪，常于门前，以物遮护溪水，不曾秽污。每县归，则临水看玩，敬而爱之。积数年，忽于水滨得一白螺，遂拾归，以水养。自县归，见家中饮食已备，乃食之。如是十余日。然堪为邻母哀其寡独，故为之执爨^①，乃卑谢邻母。母曰："何必辞？君近得佳丽修事，何谢老身？"堪曰："无。"因问其母，母曰："子每入县后，便见一女子，可十七八，容颜端丽，衣服轻艳；具馔讫，即却入房。"堪意疑白螺所为，乃密言于母曰："堪明日当称入县，请于母家自隙窥之。可乎？"母曰："可。"明旦诈出，乃见女

《吴堪》出自皇甫氏撰《原化记》，宋李昉录于《太平广记》卷八十三异人三。

① 执爨（cuàn）：掌理炊事。

自堪房出，入厨理爨。堪自门而入，其女遂归房不得。堪拜之。女曰："天知君敬护泉源，力勤小职，哀君鳏独，敕余以奉媲^②。幸君垂悉，无致疑阻。"堪敬而谢之。自此弥将敬洽。闾里传之，颇增骇异。

时县宰豪士，闻堪美妻，因欲图之。堪为吏恭谨，不犯笞责。宰谓堪曰："君熟于吏能久矣。今要虾蟆毛及鬼臂二物，晚衙须纳；不应此物，罪责非轻！"堪唯而走出，度人间无此物，求不可得，颜色惨沮，归述于妻，乃曰："吾今夕殒矣。"妻笑曰："君忧余物，不敢闻命；二物之求，妾能致矣。"堪闻言，忧色稍解。妻曰："辞出取之。"少顷而到。堪得以纳令。令视二物，微笑曰："且出。"然终欲害之。

后一日，又召堪曰："我要蜗斗^③一枚，君宜速觅此，若不至，祸在君矣！"堪承命奔归，又以告妻。妻曰："吾家有之，取不难也。"乃为取之。良久，牵一兽至，大如犬，状亦类之。曰："此蜗斗也。"堪曰："何能？"妻曰："能食火，奇兽也。君速送。"堪将此兽上宰。宰见之，怒曰："吾索蜗斗，此乃犬也！"又曰："必何所能？"曰："食火。其粪火。"宰遂索

② 媲（pì）：匹配，配偶。

③ 蜗斗：一种神兽，外形像犬，可喷火，也有说可吞食火，排出带火的粪便。据说蜗斗所到之处皆发生火灾，所以古人将它看作火灾之兆和极端不祥的象征。

炭烧之，遣食。食讫，粪之于地，皆火也。宰怒曰："用此物奚为！"令除火埽粪。方欲害堪，吏以物及粪，应手洞然，火飙暴起，焚爇墙宇，烟焰四合，弥亘城门，宰身及一家，皆为煨烬。乃失吴堪及妻。其县遂迁于西数百步，今之城是也。

译文

常州义兴县，有个鳏夫吴堪，从小便成了孤儿，没有其他兄弟。他在义兴县做县吏，性情恭敬顺从。他家门前就是荆溪，他常常在家门口，用东西遮护着溪水，使溪水从来不曾被污染。吴堪每次从县衙回来，都会在溪边观赏玩耍，对溪水既尊重又喜爱。过了几年，忽然有一天，吴堪在水边看到了一个白螺，捡起来拿回家，用净水把它养了起来。第二天，吴堪从县衙回来，就看见家中已经准备好了饭食，想也没想就吃了起来。如此这般十多天，吴堪便以为是邻居家的老妇可怜他独自生活，为他做的饭，便谦卑地去感谢这位邻居。老妇人说："何必说这些话呢！你最近得到一个美丽的女子为你做饭，何必谢我呢？"吴堪却回答说："并没有这样的人啊！"他接着问老妇人是怎么回事。老妇人说："你每次去县衙，我就看见一名女子，年纪十七八岁，容貌端庄秀丽，衣服轻靡华丽，她做好饭就回到了房间。"吴堪心里怀疑是那拾来的白螺所为，就秘密地对老妇人说："我明日还会声称去县衙，然后去您家从门缝中偷看，可以吗？"老妇人说："可以。"到了第二天，吴堪谎称说要出门，然后从邻居家的门缝中偷看，只见一个女子从吴堪的房间内走出来，进入厨房做饭。看到这一切，吴堪便从门外走进来。那女子看见了吴堪，但来不及回到房间了。吴堪向那女子拜谢。那女子说："天帝知道你尊重爱护门前的溪水，对待县吏的小小职位都能勤勤恳恳，可怜你是鳏夫，又是孤儿，便命令我来嫁给你，成为你的伴侣，希望你知道，不要怀疑阻拦。"吴堪听后，更加敬重女子，并且非常感谢她。从此，二人便生活在一起，更加彼此敬重，相处融洽。乡里都传说着这件事，乡人都感到惊诧。

当时义兴县的县令是县里的豪强，听说吴堪的妻子美丽动人，便想图谋得到她。吴堪做县衙的小吏之时就恭敬谨慎，从未犯过法被拷打责罚。县令想找碴儿，便问吴堪："你对县吏这个工作很熟悉了，今天我想要蛤蟆身上的毛和小鬼的胳膊这两样东西，限你天黑之前去县衙交纳。如果没有在期限之内拿来，罪责可不轻！"吴堪只能答应。他随即走出县衙，心里想着，人间并没有这两样东西，根本不可能得到。他脸色变得凄惨沮丧，回家后便向妻子说起了这件事，又说道："我今天晚上就要没命了。"妻子笑着说："你还是担心其他我不能接受的要求吧，要这两样东西，我能给你弄到。"吴堪听后，担忧稍稍缓解了

一些。妻子说："我现在就出去拿这两样东西。"一会儿工夫，妻子就取回来了。吴堪这才得以在天黑之前把这两样东西交给县令。县令看见后，微微笑着说："出去吧！"然而，县令终究想要加害于他。

一天之后，县令又召来吴堪说："我要蜗斗一枚，你速速找到它。如果找不到，不能送来，你就大祸临头了。"吴堪接受了命令，跑回家，又告诉了妻子。妻子说："我们家有，找到它并不难。"说完，她就为吴堪去取。过了很长时间，妻子牵了一头野兽来，像狗一样大，形状也像。她对丈夫说："这就是蜗斗。"吴堪问："那它有什么能耐？"妻子说："它能吃火，是个奇兽。你快快送去吧！"于是，吴堪就把这只怪兽送到县令那里。县令看见之后，大怒道："我要的是蜗斗，这只是狗。"县令又问道："它能做什么？"吴堪回答："吃火，排泄火。"县令随即命人找来木炭并且点燃，让那只怪兽去吃。只见它吃完火之后，又把火排泄到地上，地上都是火。县令大怒说："用这个东西做什么？"他令人灭火，清除粪便，正想要加害吴堪，差役用东西靠近粪便，一下子就燃烧了起来。火苗迅速蹿起，焚毁了屋墙和屋顶，浓烟和火焰从四周围过来，一直蔓延到了城门。县令及其一家都化为灰烬，而吴堪和妻子也失去了踪迹。这个县城向西迁移了数百步，这就是现在的义兴县。

薛伟

李复言

原文

薛伟者，乾元元年，任蜀州青城县主簿，与丞邹滂，尉雷济、裴寮同时。其秋，伟病七日，忽奄然^①若往者，连呼不应，而心头微暖。家人不忍即殓，环而伺之。经二十日，忽长吁起坐，谓家人曰："吾不知人间几日矣？"曰："二十日矣。"曰："即与我觑群官，方食鲙否？言吾已苏矣，甚有奇事，请诸公罢箸来听也。"仆人走视群官，实欲食鲙。遂以告，皆停飨而来。伟曰："诸公敕司户^②仆张弼求鱼乎？"曰："然。"又问弼曰："渔人赵干藏巨鲤，以小者应命，汝于苇间得藏者，携之而来。方入县也，司户吏某坐门东，纠曹^③吏某坐门西，方弈棋^④。入及阶，邹、雷方

《薛伟》出自李复言撰《续玄怪录》，宋李昉录于《太平广记》卷四百七十一水族八。

① 奄然：气息微弱。

② 司户：职官名。主掌地方上户口、钱粮、财物等。唐、宋在府称户曹参军，在州称司户参军，在县称司户。

③ 纠曹：州郡属官录事参军的别称。

④ 碁：同"棋"。

213

博，裴啖桃实。弼言幹之藏巨鱼也，裴五令鞭之。既付食工王士良者，喜而煞[5]之，皆然乎？”递相问，诚然。众曰：“子何以知之？”曰：“向煞之鲤，我也。”众骇曰：“愿闻其说。”

曰：“吾初疾困，为热所逼，殆不可堪。忽闷，忘其疾，恶热求凉，策杖而去，不知其梦也。既出郭，其心欣欣然，若笼禽槛兽之得逸，莫我如也。渐入山，山行益闷，遂下游于江畔。见江潭深净，秋色可爱，轻涟不动，镜涵远空，忽有思浴意，遂脱衣于岸，跳身便入。自幼狎水，成人已来，绝不复戏，遇此纵适，实契宿心。且曰：‘人浮不如鱼快也，安得摄鱼而健游乎？’傍有一鱼曰：‘顾足下不愿耳，正授亦易，何况求摄，当为足下图之。’快然而去。未顷，有鱼头人长数尺，骑鲵来导，从数十鱼，宣河伯诏曰：‘城居水游，浮沉异道，苟非其好，则昧通波。薛主簿意尚浮深，迹思怡旷。乐浩汗之域，放怀清江；厌巘崿[6]之情，投簪幻世。暂从鳞化，非遽成身。可权充东潭赤鲤。呜呼！恃长波而倾舟，得罪于晦；昧纤钩而贪饵，见伤于明。无惑失身，以羞其党。尔其勉之！’听而自顾，即

⑤ 煞：同“杀”。

⑥ 巘崿（yǎn è）：山崖，峰峦。

已鱼服矣。于是放身而游，意往斯到。波上潭底，莫不从容；三江五湖，腾跃将遍。然配留东潭，每暮必复。

　　"俄而饥甚，求食不得，循舟而行。忽见赵幹垂钩，其饵芳香，心亦知戒，不觉近口。曰：'我人也，暂时为鱼，不能求食，乃吞其钩乎！'舍之而去。有顷，饥益甚，思曰：'我是官人，戏而鱼服，纵吞其钩，赵幹岂煞我，固当送我归县耳。'遂吞之。赵幹收纶以出，幹手之将及也，伟连呼之。幹不听，而以绳贯我腮，乃系于苇间。既而张弼来曰：'裴少府买鱼，须大者。'幹曰：'未得大鱼，有小者十余斤。'弼曰：'奉命取大鱼，安用小者！'乃自于苇间寻得伟而提之。又谓弼曰：'我是汝县主簿，化形为鱼游江，何得不拜我！'弼不听，提之而行。骂之不已，弼终不顾。入县门，见县吏坐者弈棋，皆大声呼之，略无应者，唯笑曰：'可畏鱼，直三四斤余。'既而入阶，邹、雷方博，裴啖桃实，皆喜鱼大，促命付厨。弼言幹之藏巨鱼，以小者应命，裴怒鞭之。我叫诸公曰：'我是公同官，今而见擒，竟不相舍，促煞之，仁乎哉？'大叫而泣，三君不顾而付鲙手。王士良者方持刃，喜而投我于几上。我又叫曰：'王士良，汝是我之常使鲙手也，因何煞我？何不执我白于官人？'士良若不闻者，按吾颈于砧上而斩之。彼头适落，此亦醒悟，遂奉召尔。"

　　诸公莫不大惊，心生爱忍。然赵幹之获、张弼之提、县司之弈吏，三君之临阶，王士良之将煞，皆见其口动，实无闻焉。于是三君并投鲙，终身不食。伟自此平愈，后累迁华阳丞，乃卒。

译文

薛伟在乾元元年的时候，担任蜀州青城县的主簿，与县丞邹滂，县尉雷济、裴寮是同僚。这一年秋天，薛伟一连病了七日，忽然气息变得微弱，好像要死了的样子。家人连连呼喊，他也不答应，但他的心口摸起来还是微暖的。薛伟的家人不忍心马上将他入殓，就围着伺候他。过了二十天，只见他忽然长吁了一口气，坐了起来，对他的家人说："我躺在这里几天啦？"家人回答："二十天了。"薛伟又说："马上替我去看看那些官员，刚刚吃没吃切好的鱼片。再跟他们说，我醒了，有一件非常奇怪的事，请他们各位放下筷子，来听一听。"仆人马上跑去看那些官员，他们真的要吃那切好的鱼片。仆人将薛伟的话告诉给那些官员，官员随即放下碗筷，赶来看薛伟。薛伟说："各位大人是命令司户的仆役张弼去找来的鱼吗？""是。"薛伟又对张弼说："渔民赵幹藏了一条巨大的鲤鱼，用小鲤鱼来应付差事，你在芦苇丛里找到藏着的那条大鱼，拿着它回到了县衙。刚进入县衙，司户吏坐在门东，纠曹吏坐在门西，两人正在下棋。然后你进了门，上了台阶，邹滂与雷济正在博弈，裴寮正在吃桃。张弼说赵幹藏了一条大鱼，而以小鱼应命，裴寮听后，就命人鞭打了赵幹，然后把那条大鱼交给了厨师王士良。王士良非常高兴地杀起鱼来。是我说的这样吗？"薛伟依次问了每个人，他们都说整个过程是这样。大家都很奇怪，问道："你是怎么知道的？"薛伟回答："之前你们杀的那条鲤鱼，就是我啊！"众人惊骇，道："希望您再详细地说说。"

薛伟说："我最开始生病时，整日高烧，几乎不能忍受。忽然有一天，我觉得胸闷，忘记了自己的病，怕热而贪图凉快，就拄着拐杖离开了家。我并不知道这是梦。出城之后，心里很欢喜，就好像被囚的鸟，被抓的野兽逃出牢笼一样，没有什么能比得上这种欣喜。后来，我渐渐进入了山里，在山中行走却更加烦闷，于是就下了山去江畔。我看见江潭之水幽深洁净，秋色可爱，水面没有一丝涟漪，像镜子一样映照万物，忽然就想下到里面去沐浴。我就在岸边脱掉了衣服，跳入江水中。我自幼就喜欢在水中玩耍，长大以后，却从来没有再戏过水，这次遇到这样的机会，能够恣意安适，实在是与我的心意相合。心之所至，我说出了这样的话：

'人浮在水面上，不如鱼儿游得欢快，怎么才能抓住一条鱼，骑着它痛快地游玩呢？'谁知旁边出现了一条鱼，说：'只是顾及你不愿意，让你做一条鱼也是很容易的，更何况你只是想骑着它，我会为你谋划这件事。'说完，它就飞快地游去。过了没多久，就有一个数尺长的鱼头人，骑着一条大鲵来作为前导，旁边还跟着十多条鱼。它宣布河伯的诏令说：'城中之人到水中游览，一浮一沉本不一样，如果不是真心喜欢，就不会通晓水性。薛主簿想在水中自由自在地游玩，追寻怡然自乐、旷达的心境。以在浩瀚的水中为乐，在清澈的江水中放任自己的情怀；以在高大的山峦中为恶，在虚幻的世界中辞去官职。那么就请暂时穿上鱼服，不是立刻变成鱼，可权且充当东潭赤鲤。唉，它依仗着水波的力量使船倾覆，在夜晚犯下罪过；没有看清楚纤细的鱼钩，又贪图鱼饵的美味，在白天受到了伤害。还没有疑惑就失去了生命，使它的亲族蒙羞。你应该以此为戒，自勉之！'我听了这些话，再看看自己，已经披上了鱼服。我放任自己的身体游了起来，想要去哪儿就能去哪儿。无论是波涛之上，还是深潭之底，无不从容；三江五湖，全都游遍了。然而，河伯分配我留在东潭，所以我每天晚上一定会回来。

　　"不久，我觉得饿极了，去找食物又没有找到，就跟着小船而行。忽然看见赵幹正垂下垂钩，那钩上的鱼饵很香，我心中知道应该戒备，但不知不觉已到了嘴边。我对自己说：'我是人，现在只是暂时是鱼，不能找到吃的，就要吞下那带鱼饵的鱼钩吗？'我舍下那鱼饵离开了。又过了一会儿，我觉得更饿了，就想：'我是当官的，开玩笑穿上鱼服，纵然是吞下了鱼钩，赵幹岂敢杀了我？他一定会把我送回县衙的。'于是，我吞掉了鱼饵。赵幹看到后，马上收起鱼线，把我钓了上来，他的手快要抓住我的时候，我连声大哭，但赵幹不听，用绳子贯穿了我的腮，把我系在了芦苇丛里。后来，张弼到来说：'裴少府要买鱼，来一条大的。'赵幹说：'没有大的，只有小的，共十多斤。'张弼说：'我是奉命来买大鱼的，怎么能给我小的！'他亲自来到芦苇丛里找到了大鱼，也就是我，提起就走。我又对张弼说：'我是你们县的主簿，化形为鱼在江中游，为何不参拜我！'而张弼不听，提起鱼就走。我只能不停地咒骂，而张弼最终也没有看我一眼。进入县衙，看见坐着的县吏正在下棋，我便大声呼喊，可是他没有答应的，只是笑着说：'真是令人畏惧的大鱼，得有三四斤多。'后来张弼又走上台阶，邹、雷二人正在博弈，裴寮在吃桃，看到鱼很大，都很高兴，还催促着交给厨房。张弼又说起赵幹藏起大鱼而以小鱼应命的事。裴寮大怒，命人用鞭子去抽打他。那时我还跟大家说：'我与你们是同僚，今天被抓住，竟然没有人救我，反而催促着要杀我，你们还有慈悲之心吗？'我大叫着，哭了起来。三位看也不看，就把我交给了做鱼之人。王士良拿起刀，高兴地将我放在砧板上。我又大叫道：'王士良，你是我常用的厨师，为何要杀我？为什么不拿着我，告诉那些官人我是谁？'王士良好像没有听到，按着我的脖颈，放在砧板上去斩杀。头刚被切下，我就突然醒了过来，召来了各位。"

听了这些话，众人都大惊失色，心中生起怜爱、不忍之心。但是，刚刚薛伟所说的当时赵幹钓鱼，张弼提鱼，县司下棋，三君在台阶之上，两君博弈，一君吃桃，还有王士良杀鱼，他们都只是看见他的嘴在动，实际上没有听见他当时说的是什么。后来，三位同僚一起扔掉了切好的鱼片，决定终生不再吃鱼。薛伟从此病愈，后来又屡次升迁，官至华阳县县丞之后去世。

李卫公靖

李复言

原文

唐卫国公李靖，微时①尝射猎霍山中，寓食山村。村翁奇其为人，每丰馈焉。岁久益厚。忽遇群鹿，乃逐之。会暮，欲舍之不能。俄而阴晦迷路，茫然不知所归，怅怅②而行，困闷益极。乃极目，有灯火光，因驰赴焉。既至，乃朱门大第，墙宇甚峻。叩门久之，一人出问，公告其迷道，且请寓宿。人曰："郎君皆已出，惟太夫人在，宿应不可。"公曰："试为咨白③。"乃入告。复出曰："夫人初欲不许，且以阴黑，客又言迷，不可不作主人。"邀入厅中。

有顷，一青衣出曰："夫人来。"年可五十余，青裙素襦，神气清雅，宛若士大夫家。公前拜之，夫人答

《李卫公靖》出自李复言撰《续玄怪录》，宋李昉录于《太平广记》卷四百一十八龙一，改题为"李靖"。

① 微时：微贱而未显贵之时。

② 怅怅：失意的样子。

③ 咨白：禀告，陈说。

拜，曰："儿子皆不在，不合奉留。今天色阴晦，归路又迷，此若不容，遣将何适？然此乃山野之居，儿子往还，或夜到而喧，勿以为惧。"公曰："不敢。"既而命食，食颇鲜美，然多鱼。食毕，夫人入宅，二青衣送床席祸褥，衾被香洁，皆极铺陈，闭户系之而去。

公独念山野之外，夜到而闹者何物也，惧不敢寝，端坐听之。夜将半，闻扣门声甚急，又闻一人应之，曰："天符④，大郎子报当行雨，周此山七百里，五更须足，无慢滞，无暴伤。"应者受符入呈。闻夫人曰："儿子二人未归，行雨次到，固辞不可，违时见责，纵使报之，亦已晚矣。僮仆无任专之理，当如之何？"一小青衣曰："适观厅中客，非常人也，盍请乎？"夫人喜，因自扣厅门曰："郎觉否？请暂出相见。"公曰："诺。"遂下阶见之。夫人曰："此非人宅，乃龙宫也。妾长男赴东海婚礼，小男送妹。适奉天符，次当行雨。计两处云程，合逾万里，报之不及，求代又难，辄欲奉烦顷刻间，如何？"公曰："靖俗客，非乘云者，奈何能行雨？有方可教，即唯命耳。"夫人曰："苟从吾言，无有不可也。"遂敕黄头，被青骢马来。又命取

④ 天符：上天的诏命。

雨器，乃一小瓶子，系于鞍前。诚曰："郎乘马，无须衔勒，信其行，马躈地嘶鸣，即取瓶中水一滴，滴马鬃上，慎勿多也。"

于是上马，腾腾而行，其足渐高。但讶其稳疾，不自知其云上也。风急如箭，雷霆起于步下。于是随所躈，辄滴之。既而电掣云开，下见所憩村，思曰："吾扰此村多矣，方德其人，计无以报。其久旱，苗稼将悴，而雨在我手，宁复惜之？"顾一滴不足濡，乃连下二十滴。俄顷雨毕，骑马复归。

夫人者泣于厅曰："何相误之甚？本约一滴，何私感而二十之？天此一滴，乃地上一尺雨也。此村夜半，平地水深二丈，岂复有人！妾已受谴杖八十矣。"祖视其背，血痕满焉。"儿子并连坐，如何？"公惭怖，不知所对。夫人复曰："郎君世间人，不识云雨之变，诚不敢恨。即恐龙师来寻，有所惊恐，宜速去此。然而劳烦，未有以报。山居无物，有二奴奉赠，总取亦可，取一亦可，唯意所择。"于是命二奴出来。一奴从东廊出，仪貌和悦，怡怡然。一奴从西廊出，愤气勃然，拗怒而立。公私念："我猎徒，以斗猛为事，一旦取奴而取悦者，人以我为怯乎？"因曰："两人皆取则不敢。夫人既赐，欲取怒者。"夫人微笑曰："郎之所欲乃尔。"遂揖与别，奴亦随去。出门数步，回望失宅，顾问其奴，亦不见矣，独寻路而归。及明，望其村，水已极目，大树或露梢而已，不复有人。

其后竟以兵权静寇难，功盖天下，而终不及于相，岂非悦奴之不得乎？世言关东出相，关西出将，岂东西而喻耶？所以言奴者，亦臣下之象。向使二奴皆取，即位极将相矣。

译文

唐卫国公李靖，还未显达的时候，曾经在霍山射猎，就在当地山村里食宿。村里的老翁认为他让人惊奇，每次都给他端来丰富的饭菜。李靖在这儿的时间越长，得到的食物就越多。一次射猎中，李靖忽然遇到一群鹿，就去追逐。正好赶上日暮时分，李靖想要放弃不追，却又不能。追了一会儿，天色阴暗，他就迷失了方向，茫然间找不到回去的路，只能失意地乱走，越走越疲乏，越走越烦闷。他极目远眺，发现了远处有灯光，就向那亮起灯光的地方奔去。到了那里，只见是一所大宅院，门是红色，房屋甚是高大。李靖敲了很长时间的门，才有一个人出来相问。李靖说迷失了方向，请求留宿在这里。那人说："我家郎君出了门，并未在家，只有太夫人在，住宿是不可以的。"李靖说："请你尝试着为我禀告一声。"那人就进去回禀了。过了一会儿，那人又出来说："夫人刚开始并不想答应你，但是因为天黑，你又迷了路，就不得不做主人，让你留下来了。"他随即邀请李靖进门，来到厅堂。

过了一会儿，一个婢女出来说："夫人来了。"只见那夫人，年纪五十多岁，穿着青色的衣裙、素色的短袄，气质清雅，宛若士大夫家的夫人。李靖上前向她行了拜礼。夫人回拜，说："我的儿子们都不在，本不应该留下你。但现在天色阴晦昏暗，你想回去又迷了路，这样都不容你留下，还能让你去哪儿呢？然而，这里只是山野之家的住处，儿子回返，或许在夜里才能到家，会很吵闹，那样就会吵到你，请不要害怕。"李靖回答："不敢。"不久，太夫人命人摆好饭菜。饭菜味道鲜美，但大部分都是鱼。吃完饭，太夫人回了房间，两个婢女给李靖送来了床席被褥等，都干净芳香。两个婢女给李靖铺好床褥，关上房门，就离开了。

　　李靖唯独想到，这里是山野之外，夜里才回家，还很吵闹，这究竟是何物。他害怕得不敢安睡，就坐起来倾听外面的动静。将近半夜，李靖听到很急的叩门声，又听到一个人回应说："天帝下达的诏令，大郎上报说应当行雨，那就围绕着这座山，共七百里，行雨吧！到了五更的时候要下足，不要缓慢停滞，也不要下暴雨伤了人。"回应的人接受了诏令，呈献给太夫人。只听太夫人说："我两个儿子都没回来，行雨的诏令就到了，坚持推辞必然不可，违背时辰也会被责罚，纵然现在让使者去向天帝奏报，也已经晚了。那些僮仆、下人也没有代替大郎行雨的道理，这可怎么办呢？"一个小婢女说："刚才看到

厅堂中的客人，他不是一般的人，夫人何不请他来行雨呢？"太夫人听后，非常高兴，亲自敲了敲厅堂的门说："郎君睡觉了吗？请暂且出来相见。"李靖说："好。"他从厅堂上走下来，与太夫人相见。太夫人说："这里不是凡人的宅院，而是龙宫。我的大儿子去了东海参加婚礼，小儿子去送妹妹了。正好赶上天帝下达诏令，应当行雨。我算了一下，去大儿子和小儿子那里报信，这两处的云程加起来，超过了一万里，现在报知他们来不及了，求别人代他们行雨又是很难，就劳烦您一会儿，可以吗？"李靖说："我只是一个凡人，不是能腾云驾雾之人，怎么能行雨呢？如果有办法，您可以教给我，我按命行事。"太夫人说："如果听从我，没有不可以的。"她命令黄头郎牵着一匹青骢马来，又命人取来行雨的器具，这器具就是一个小瓶子，把这小瓶子系在了马鞍前。她告诫李靖说："你骑着这匹马，不用驾驭它，任它前行，如果它的蹄子刨地并且嘶鸣，你就取一滴瓶子里的水，滴在马鬃上，要小心，一定不要滴得太多。"

李靖上了马，腾空而起，渐渐飞升。他很惊讶，这匹马跑起来又快又稳，他不知道这匹马已经飞到了云的上方。这时，大风如离弦之箭一样刮起，雷鸣也在李靖的脚下响起。李靖跟随着青骢马，它一刨地、嘶鸣，他就滴一滴在马鬃上。过了一会儿，闪电急闪而过，乌云打开，李靖看到了云层之下他打猎休息时的那个村落，心想："我搅扰此村多时了，正想感谢这里的人，却又无以为报。那里久旱无雨，庄稼就要枯死，而现在这雨水就在我的手中，我还要吝惜它吗？”李靖见一滴水不足以使土地润泽，就一连滴了二十滴。过了一会儿，雨下完了，李靖便回去复命了。

等回到龙宫，李靖便看见太夫人正在厅堂哭泣。她对他说："你怎么犯下这么大的错？本来约好的是一滴，为何因为私心而滴了二十滴？天上的一滴水，就是地上的一尺雨。这个村子在半夜之时就水深二丈了，怎么还会有活着的人？我已经受到天帝的责罚，挨了八十杖。"李靖看到她的后背满是血痕。太夫人又说："就连我的儿子也被牵连，你看怎么办？"李靖更是惭愧惶恐，不知道该怎么回答。太夫人又说："郎君你是凡人，不知道云雨的变化，实在是不敢怨恨你。只是担心龙师会来找你，你会害怕，你应该速速离去。然而，我这次劳烦了你，没有什么可以报答的。我居住在山里，也没有什么东西可以送给你，有两个奴婢要奉送给你，两个都要也可，只要一个也行，由您来选择。"太夫人让那两个奴婢出来。其中一个从东廊走出来，容貌温和喜悦，样子和悦顺从；另一个则从西廊走出来，样子怒气冲冲，似乎强压着怒火站立。李靖私下里想："我喜欢打猎，以与猛兽打斗为业，一旦娶了那面容温和喜悦的奴婢，别人不就会以为我怯懦吗？"他对太夫人说："不敢两人都带走。既然是太夫人赏赐的，我就带走那个脸上带着怒色的奴婢吧！"听了李靖的回答，太夫人微笑着对从西廊走出来的那个奴婢说："郎君要的是你。"之后，李靖与太夫人作揖告别，那个奴婢也跟着李靖离开了。二人走出门几步远，再回头看时，那所大宅子消失了。李靖回头想问一问那个送他们出来的小奴回去的道路，他也消失不见了。李靖只好独自寻找回家的路。等到天亮，李靖来到曾经休憩的村落，极目望去，全是水，有的大树只露出了树梢，不复有人存在了。

此后，李靖竟然带兵平定了敌人的进犯，功盖天下，但终究没有达到将相的位置，难道是因为当初没有带回那个面容和悦的奴婢吗？世人都说关东出相、关西出将，难道当时那两个分别从东、西廊出来的奴婢，是预示着李靖的未来？所以说那个奴婢，寓意着李靖将成为臣子。如果当初李靖同时带回那两名女子，他将来就能位极将相了。

图书在版编目（CIP）数据

唐物语 /(唐) 温庭筠等著；曾雪梅编选；张楠译注. ——
北京：现代出版社，2022.7

ISBN 978-7-5143-9900-4

Ⅰ.①唐… Ⅱ.①温… ②曾… ③张… Ⅲ.①文言小
说 – 小说集 – 中国 – 唐代 Ⅳ.①I242

中国版本图书馆CIP数据核字(2022)第063617号

唐物语

作　　者：[唐] 温庭筠等著；曾雪梅编选；张楠译注
责任编辑：姚冬霞
出版发行：现代出版社
地　　址：北京市安定门外安华里504号
邮政编码：100011
电　　话：010-64267325 64245264（兼传真）
网　　址：www.1980xd.com
印　　刷：北京瑞禾彩色印刷有限公司
开　　本：710mm×1000mm　1/16
印　　张：15.25
字　　数：150千字
版　　次：2022年7月第1版　2022年7月第1次印刷
书　　号：ISBN 978-7-5143-9900-4
定　　价：65.00元

版权所有，翻印必究；未经许可，不得转载